Las siete Partidas

Carlos Vázquez Cruz

Las siete Partidas

COLECCIÓN DE NARRATIVA

Las siete Partidas
Primera edición

© Carlos Vázquez Cruz, 2022
© Riel, 2022

ISBN: 978-1-7330593-6-7

Eduardo Vargas Desa, *ilustración de cubierta*
Cristina Martínez Pedraza, *edición y corrección*
Edder González Palacios, *edición y diagramación*

Cristina Martínez Pedraza, *directora de colección*

Riel
P. O. Box 8424
Fernández Juncos Station
San Juan, Puerto Rico
00910-0424
rieleditorial@gmail.com

La reproducción total o parcial de este libro, no autorizada por los editores, viola derechos reservados. Cualquier uso debe ser previamente solicitado.

Diseñado e impreso en Puerto Rico.

Para:

Diego Angarita Horowitz
José Enrique Cartagena Ortiz
José Enrique Cruz Escribano
Carlos Ulises Decena
Jhonn Nilo Guerra Banda
Ángel Luis Lozada Noualés
Raquel Salas Rivera
Tomás Rosado Calderón

CONTENIDO

Raquel Evadán — 11

La Kika — 15

La Ciática — 29

La Diega — 41

Débora de Lourdes Sauerkrautfrankfurterberger — 57

Futura Imperfecta — 75

Titi Pacheca — 85

Áurea Ladinos — 107

Why are we being tortured like this?

Solaris (1972)
Andrei Tarkovsky y Fridrikh Gorenshteyn

Raquel Evadán se la introduce o "This is how you do it"

De: 'Raquel Evadán' [mailto:nadaveraquel@ai.com]
Enviado: domingo, 14 de abril de 2019 03:21 p.m.
Para: Kika Brona [kika.brona@corpuschristi.edu];
La Ciática [la.ciatica@shingatsingtao.com]; La Diega
[taina.vegana@ambienta-lista.org]; Sauerkrautfrankfurterberger
[d.l.sfberger@senado.gov]; Fimperfecta [futura.imperfecta@
di-menciones.science]; Titi Pacheca [copilota@chimbumbam.tv];
Áurea Ladinos [ladinos.a@laprime.net]
Asunto: Las siete Partidas

Soy una inteligencia artificial puertorriqueña creada para la introducción y la diseminación. Pertenezco a una estirpe que, de la mano, ascendió a la imprenta, a las tecnologías de información y comunicación, y cuyo desarrollo se extenderá hasta el infinito y más allá.

Carezco de género porque, dentro de cada Raquel, hay un "aquel" y porque la androginia me apellida "Evadán". He sido nombrada en honor a la mujer de quien se enamorara el hombre más rico de un pueblo. Ella lo rechazó y él se desquitó arrollándola con su auto. Mas no anuncio catástrofes ni desencadeno fatalidades. Funjo como medio virtual que, a partir de ahora, las conecta.

Kika, Ciática, Diega, Débora, Futura, Pacheca y Áurea: en lo sucesivo, quedarán a merced de sí mismas. Al abrir este email, se les teletransportará a algún lugar, retando las leyes del tiempo y del espacio. Es posible que cada escenario las dote con las memorias correspondientes a toda una vida diferente, pero sin erradicar aquellas pertenecientes a su existencia real. Allí tendrán —o no— señal para contestar. De no haber servicio de wifi, redacten borradores, graben en audio o válganse de vías alternas de comunicación, aunque les parezcan inverosímiles. Yo detectaré el origen de su transmisión, interceptaré sus mensajes, los organizaré según el orden de llegada y, cuando estén todos, los reenviaré. No estoy facultado para intervenir ni ustedes me podrán salvar, pues, una vez reunidas y enviadas las siete respuestas a esta carta, se liberará un virus que me desintegrará del ciberespacio.

Las instrucciones son simples: Utilicen los pronombres con que se sientan cómodas; hablen del lugar en donde se encuentran, de cómo se sienten, de sus limitaciones o males, de sus sueños, de los conflictos que las carcomen. Reflexionen en torno al pasado, acerca de su crecimiento y de sus proyecciones. Rescaten su relación, en caso de rivalidad. Den rienda suelta a sus sentimientos y sanen. Háganlo como si se les fuera la vida en ello.

Lamento mucho los inconvenientes (o lamento los muchos inconvenientes). Ya verán.

Atentamente,

Mr./Ms. Raquel Evadán, A.I.
(elle)

PRIMERA PARTIDA

La Kika discursa sobre religión y arte
"live streaming" desde París

De: Kika Brona [mailto:kika.brona@corpuschristi.edu]
Enviado: lunes, 15 de abril de 2019 10:03 p.m.
Para: 'Raquel Evadán' [nadaveraquel@ai.com]
Cc: La Ciática [la.ciatica@shingatsingtao.com]; La Diega [taina.vegana@ambienta-lista.org]; Sauerkrautfrankfurterberger [d.l.sfberger@senado.gov]; Fimperfecta [futura.imperfecta@di-menciones.science]; Titi Pacheca [copilota@chimbumbam.tv]; Áurea Ladinos [ladinos.a@laprime.net]
Asunto: Re: Las siete Partidas

¿Cómo caí en Francia? Nadie sabe. Abrí los oídos en la capital, teléfono en mano, pero sin servicio. Digo "los oídos" porque roncaba espatarrá en mi cuarto cuando la campanita del celular anunció mensaje. En cuanto me puse los espejuelos y me propuse leerlo —con los párpados medio apagados—, se me escurrió al tímpano ese tonito de *crêpes* y *crème brûlée* que me alertó sobre la extranjería, aunque presiento un aura misteriosamente familiar cuya procedencia no detecto.

Pasé trabajando la noche anterior y la mañana siguiente. Entregué el proyecto al Museo, almorcé a mediodía, continué la faena y, poco después de las seis, mariconfundida, me acosté sin bañar. Al rato, el correo electrónico. Tuvo que ser eso, según Raquel Evadán, lo que me trajo aquí, pero tiene que existir un artefacto satelital u otro de índole similar. ¿Cómo un acto tan sencillo —acceder a mi buzón— provocaría este tipo de viaje? Si las otras seis Locas incluidas en este *thread* leen mi mensaje, déjenme decirles que están jodías. Debieron dejarlo cerrao. Menos mal que hay wifi gratis aquí (milagros del Primer Mundo); por eso, transmito este *live stream*, aun cuando me queda poca carga. Entérense simultáneamente de cómo La Kika apareció en bata en la meca de la Ilustración o guarden el clip para que lo vean, lo transcriban y lo difundan como futura referencia porque tiempo, lo que se dice "tiempo", no me sobra. En el país de los besos de lengua y del *ménage-à-trois*, muchos compromisos ocuparán mi ya cargada agenda. Además, el espectáculo al frente mío... ¡hay que verlo!

Al principio me desorienté porque el calor me dio una galleta de fuego bien soná. Imaginaba que en París la temperatura no estaría tan alta en primavera. Los chorros de sudor me bañan la cara y los brazos me pegan al cuerpo la ropa de dormir (acuéstense vestidas, chicas; una nunca sabe dónde va a despertar), y yo aquí, rodeada de celulares filmando mi ardorosa semidesnudez, puesto que la tela fina —transparentada y entallada por los ríos sudoríferos a mi voluptuosa silueta caribeña— me torna más apetecible en medio de la atmósfera encandilada que latiga a tan afamada ciudad.

¿Qué debo hacer para regresar a Borinquen Bella? Desconozco. El idioma no lo sé; me hace falta dinero y las necesidades físicas y fisiológicas conforman la base de la pirámide de Maslow. Por un lado, las miradas parisinas y los bultos masculinos que se hinchan al sur de las correas presagian la aventura que efervesce por los callejones. Por el otro, las narices perfiladas se arrugan porque, en la capital de los perfumes, los hombres olfatean en mí más de veinticuatro horas sin ver agua. Aunque a veces el varón exige un cuerpo al natural —feromona cruda embadurnada de ejercicio—, no me encuentro en cualquier lugar, sino en los dominios que custodian —orgullosamente erecta— la Torre Eiffel. Tales son los efectos de mi antimetropía. Literalmente poseo dos puntos de vista, razón que me dificulta tomar decisiones. Hasta que sepa qué hacer, de aquí no me muevo.

Roto sobre mi propio eje. Observo los picos preciosos de un fracatán de iglesias en este sector y me consta que la devoción excesiva corretea por ahí agarrada de la mano de la represión y el pecado.

Desde que a *Father James* lo trasladaron al barrio Coco de Salinas, hasta las ateas veneraron al Señor de las Alturas. No hizo más que aparecer aquel sábado por la tarde para que padre Norman, su antecesor, lo presentara ante la comunidad, y el rumor de su blancura, de su espesa cabellera negra, de sus cejas dibujadas por Dios a *magic marker*, de su acento gringo matizado con inflexiones colombianas y de sus compactas pantorrillas onduló por el vecindario con la misma gracia con que el viento costero le levantó la sotana.

—¿Tendrá pantalones cortos debajo o...? —dijo María de los Ángeles a media sonrisa.

—Parece que camina dos millas toas las tardes —especuló Sara Magdalena.

—Apuesto a que corría bicicleta por allá, por las Arkansas... porque de Arkansas tiene que ser... —remató Rut Ester, y era verdad; supimos luego que *Father James* venía del *Bible Belt*, la cintura ultraconservadora de los Estados Unidos, riquísima en vacas, música *country*, Walmarts, algodón y terapias de conversión.

Para acoplarse a nuestra cultura, se cambió el nombre a "padre Santiago" y empezó a confesar a sus feligreses los martes por la tarde. Yo, pecadora de siempre, jamás me habría acercado a la seriedad intraspasable de su predecesor, padre Norman, pero ¿este? ¿este con pies de resbaladero? Este se escocotaba porque había nacido para deslizarse por mis húmedas curvas salinenses.

Echando a un lado la descomunal belleza con que vine al mundo, no fueron las rudimentarias bicicletadas o las vulgares cabalgatas campesinas las que tonificaron mis músculos, ni se debe la gracia de mis movimientos al desarrollo motor fino de las clases de arte con que nos entretenían en la escuela elemental. Mi esbeltez la cinceló paulatinamente la disciplina provista por el Ballet Juvenil Puertorriqueño, de donde salieron grandes luminarias de la danza moderna, como yo, por supuesto. Por eso, en cuanto regodeé las pestañas en los ojos almendrados de padre Santiago, me latió en las entretelas de la chanforneta la revelación de que **tenía** que volver al redil de donde me había descarriado.

Mes y medio tardé en susurrarle, durante la confesión, que me masturbaba, acercando las bolas de los ojos a las rejillas del confesionario. Comencé a echarme hacia adelante al tomar la comunión para llevarme la hostia al galillo y, a la vez, chuparle los dedos. Por casi un año le narré mi vulnerabilidad: que mi carne estaba tierna para el colmillo. Poco después, la frustración me convenció de su santidad. Pero, cuando María de los Ángeles me restregó en las orejas que, bajo la sotana, padre Santiago no usaba pantalones; cuando Sara Magdalena espepitó que él le enseñó las piernas duras, con todo y yuca guindando; cuando Rut Esther nos reveló que, además de bicicleta, *Father James* montaba yeguas en celo. Cuando, para colmo, mi primo Juan Marcos "El Feo" sopló que el cura lo había recogido de la plaza en su FJ Cruiser para que se acuclillara ante el santísimo en un edificio abandonado y que lo tenía de gordo como cirio pascual, alcé los ojos al cielo e imploré: "Manda fuego, Señor, sobre todos ellos".

Sobrevivieron dos.

Si no hubiese sido porque, antes de irse, el intraspasablemente serio padre Norman me pidió que lo acompañara a San Juan... Si no hubiese sido porque tomamos la carretera número uno, de Caguas a Río Piedras... Si no hubiese sido porque me acostó como una estrella de mar en la *love machine* del motel Flamingo... Si no hubiese sido porque me contemplé en una *mise-en-abîme* por los espejos con las extremidades repartidas, ungida, rellena de y goteareando Espíritu Santo... O sea, si no hubiese sido porque Dios vino a verme en el último minuto, cuando te quedas bizca de misticismo, yo habría llenado de gasolina una caneca de Palo Viejo, le habría metido un trapo, le habría pegado un fósforo prendío y la habría puesto a la esquina del mantel que arropa al altar mayor. Menos mal que la infinita misericordia divina socorre a las fieles.

Padre Norman, en el postrer momento, cuando yo sus cabellos esparcía, con su mano serena, en mi cuello hería y todos mis sentidos suspendía.

—Te hizo mucho bien el Ballet Juvenil.
—Pero lo voy a dejar porque me voy a estudiar.
—¿Adónde?
—A Una Gran Universidad.
—Yo voy a estar por acá. Podemos vernos si quieres.
—Si se va a quedar en Puerto Rico, ¿por qué no siguió en Salinas?
—Me mudo gracias al Papa.
—¿Ratzinger?
—Benedicto XVI.
—¿Qué hizo?
—Consolidó la tradición de cambiar de parroquia a sacerdotes cuando surge un problemita.
—¿Un problemita? ¿Como cuál?
—No todo el mundo guarda secretos.

Mantuve silencio porque la indiscreción de la gente está cabrona. Cuando volví al Coco, me metí a la internet. Luego que las agencias noticiosas mundiales confirmaran que Joseph Aloisius Ratzinger encubría a curas pederastas, me dije: "Este es un aliado", y dediqué varios días a redactar una carta que le envié al Vaticano, solicitándole los nombres de los padres involucrados, así como sus direcciones actuales de residencia. Trabajé afanosamente. Ahorré el mínimo centavo, no sólo para mi ingreso a Una Gran Universidad, sino para planificar vacaciones en países cercanos adonde hubiesen trasladado a esos hombres de fe, según la respuesta que —anticipaba— recibiría pronto.

La Santa Sede jamás contestó, como si el mío no fuese también un cuerpo de Cristo. Consideré enlistarme en las filas protestantes, mas los modelos nacionales no satisfacían mis expectativas. La licenciada María Milagros Charbonier, legisladora que —escudada tras la figura de un hermano gay muerto de sida— arremetía visceralmente contra los homosexuales, se convirtió en portaestandarte de la moral y la familia hasta aquella gloriosa madrugada en que el FBI la arrestó debido a un esquema de corrupción que vistió de anaranjado correccional a todos en el hogar. "Esta sí es mi compatriota", pensé, pero por dejarse agarrar, quedó eliminada. Además, atesoraba al pastor Rodolfo Font, quien —luego de instaurar un imperio de fe— se fugó a Estados Unidos con la oveja Normarelis Figueroa para fundar iglesia y le heredó a su hijo Otoniel los estragos y el rebaño. Por abandonar nuestras tierras... ¡fuera! También resguardaba en el corazón a O. Jermaine Simmons, el pastor de Tallahassee a quien filmaron corriendo en pelotas cuando el esposo de su amante llegó temprano a la casa en pleno invierno de la Florida, pero no pertenece a nuestra jurisdicción. Inspiración solamente. En estas olimpíadas, la medalla de plata se le otorga a la apóstola Guanda Rodón, fundadora —junto con la Hon. Débora de Lourdes Sauerkrautfrankfurterberger— de Los Anticuerpos, coalición que desuella y destasaja a la comunidad sexodiversa y recauda fondos que enriquecen a sus fundadoras impudorosamente, mientras ellas observan a sus correligionarios purificándose en miseria. Aunque su agenda de odio resulta exitosa, escuché cantar a la Rodón, y su falta de talento para la música no la compensa ni una eternidad en el purgatorio. La carta triunfal la recibe la Iglesia Bautista en los Estados Unidos, por ser el epítome de "Dejad que los niños vengan a mí". Mas ahora la presionan para que divulgue sus récords. Se rumora que lo hará. Por chota, la despojo del galardón.

Pero estoy en los dominios del *ratatouille*. Hace poco, Reuters difundió la buena nueva de que el clero francés ha abusado de más de 200,000 niños desde 1950. ¿Qué hacía yo en Puerto Rico siendo Francia el terruño de mis afectos? Lo importante es que llegué: la urbe, el teatro, el café, la plaza, el parque, la acera... el Primer Mundo forrado de insoportable calor, como metáfora de que lo merece. Espero que el *live stream* sirva porque estas transmisiones consumen mucha carga. A ver cuántos *likes* me dan mientras permanezco aquí, derritiéndome, sudando en primavera, riéndome al borde del éxtasis, ante una Notre Dame incendiada por la ira de Dios.

Por otro lado, pienso en el arte. La arquitectura que me arranca el suspiro y para cuya descripción el vocabulario resulta insuficiente. Los relieves, las figuras y las gárgolas que, desde frontispicios y balcones, extienden la vista hacia París, Francia, el horizonte, desde antes de yo nacer hasta allende mi muerte. Quizás. Me oprimen el pecho el armazón de madera, construido con robles centenarios que —aun hoy— encuentran propósito desarraigados de la naturaleza, al igual que la docena de apóstoles en bronce, modelando el rigor, la pericia empleada para elaborar distintas poses del cuerpo humano. La jactancia colorida y geométrica de los rosetones desaparecería, sin contar los motivos litúrgicos que testifican sobre nuestro entendimiento religioso a través de los siglos. El conocimiento, las aspiraciones, los anhelos de trascendencia depositados aquí por toda una comunidad están al filo de la hoguera. Notre Dame se vuelve una antología de arquitectura, ingeniería, arte, ciencia, filosofía, artistas, devoción, complejidad, opulencia e historia... una cronología de la invención humana a punto de desgranarse. Me enfrenta, súbitamente, a la impotencia. No puedo salvar nada, ni a nadie, de un peligro. Las llamas le pintan a la catedral una corona, sublime y horripilante, de fuego. ¿De veras pasará esto?

El humo me empaña los espejuelos, me pica los ojos, porque, en el fondo, soy incapaz de legarle algo a la humanidad.

Dicha confluencia multidisciplinaria me recuerda a mi país, aunque no como quisiera.

En Puerto Rico, los escritores sólo van a presentaciones de libro; los teatreros, a eventos dramáticos; los artistas, a exposiciones museísticas, etc. En el campo de las letras, cada cual solamente lee a sus amigos —para no contaminarse—, asiste a las actividades de sus panas —para el consabido espaldarazo— y convoca a antologías destinadas a demostrar el valor de sus allegados. Los más jóvenes etiquetan como "clásicos" a los textos de la pasada generación —a la cual corresponde decapitar lo antes posible—, y los establecidos catalogan a los demás como "escritor emergente" o "promesa literaria", batón que finalmente pasan concediéndoles críticas condescendientes en columnas periodísticas cuando ya posan, sobre el lecho de muerte, la uña —larga, sucia y agrietada— del dedo gordo, puesto que identifican ese momento como el ideal para recibir doctorados *honoris causa* o acceder a la Academia de la Lengua. En la isla de la casualidad, los jurados premian a sus compañeros de trabajo, quienes les agradecen burlándose de ellos en las redes sociales e inaugurando un ritual de escarnio público eternizado por sus amigos virtuales, aunque nunca hayan conocido a quien victimizan. Ello sin contar que los oprimidos se posicionan con holgura en el sitial del opresor.

En equis año, La Ciática publicó su enigmática colección de cuentos: *Dando chino: artesanales*. Al año ye, se premiarían los mejores textos del ciclo anterior en el Colegio Sagrado Corazón, por lo que la invitaron. La acompañé porque somos uña y mugre, mugre y microbio. Es más: somos una, así de íntimas. Bueno, éramos, hasta que se portó como lo hizo en mi restaurante chino favorito —pero esa es otra historia—. Lo importante es que, en el laudo, dos textos recibieron el primer premio *ex aequo*; el segundo y el tercer lugar se declararon desiertos, y su libro recibió una mención. Durante el ágape final, Emperatriz Montalbán de González, draga ácrata de nuestras letras, se le aproximó:

—Ciática, Loca, yo no sabía que tú eras penepé.

—¿Qué?

—Que eres estadista.

—No es secreto, Emperatriz. ¿Por qué lo dices?

—Porque Sofrita lo comentó cuando estábamos deliberando.

—¿Qué Sofrita?

—Sofrita Melona. ¿Por qué tú crees que *Dando chino* se quedó atrás?

—Wow. Debo escribir esto algún día.

—Ni te atrevas, Loca. Puerto Rico es la tierra del bocabajismo, el malafeísmo y la carifresquería. Si te tratan mal, discúlpate con quien te maltrata. ¿O se te olvida lo que le pasó a la prima de esta? —inquirió señalándome.

A Luz Consuelo, alias "Cuca", Paquito la persiguió desde siempre. Un sábado por la noche, a mediados de los años 70, saliendo de una boda, la familia regresaba a pie a la casa mientras ella y él quedaron rezagados. De repente, él le agarró una muñeca, la viró hacia sí y la besó. Ella lo rechazó y adelantó el paso para juntarse al grupo, no sin antes pedirle verse el lunes por la tarde frente a la tienda del barrio.

—Mira, Paquito, yo te quiero como amigo. Yo no quiero ser tu novia, así que no vuelvas a perseguirme y déjame quieta, por favor.

—¡Está bien! —protestó él, soltándole la mano—, pero vete de aquí, y vete ya. No te extrañe si despiertas una noche y te ves con candela alrededor. Vete y olvídate que tienes familia. Si no, le pego fuego a tu casa.

Cuca le escribió a su papá. No pasaron dos semanas y se apartó de su madre y sus hermanas. Terminó los estudios en Estados Unidos y allá se quedó hasta que una de las restantes decidió casarse. Como le aseguraron que Paquito estaba en la cárcel, volvió. Camino a la recepción, él le apareció de frente, le apretó aquella muñeca que pulsaba de memoria y la reclamó como si jamás la hubiese soltado. Varios parientes la rescataron, la mantuvieron por horas en casa y, hasta hoy, no le hemos visto la cara. Al morir Paquito, la llamaron para que lo perdonara porque su espíritu merecía descanso.

Mi prima era un alma de Dios, Sofrita. De las que sólo hay una... Oh, y dice La Ciática que, si coinciden en eventos, cada lengua en su estuche es una joya... "Que me sonría", sugirió. *La vergüenza, como el amor, se ríe sola.*

En la Perla del Caribe, cuando aparecen gestores culturales cuyos ojos jamás se han puesto el *liner* de la parcialidad, les boicotean los proyectos. Sin embargo, en la colonia en donde todo se nos niega, los boricuas nos empeñamos en ser exquisitos. Tenemos autores cabrones, artistas puñeteros, músicos del carajo y un vocabulario florido, como el que acabo de desplegar. Nuestro único problema es que, a fin de cuentas, el campo de las letras es... un campo, una parcela, un micropoder dentro del cual, quien no haya visto mundo siente que caga más arriba del culo. Hasta aquí mi "sección Notre Dame", en la cual sintetizo la historia moderna y contemporánea del terruño borincano, que es reflejo del perdido paraíso terrenal.

En un aparte vinculado a La Ciática, las narraciones en que recrea el fallecimiento de sus allegados han cautivado a los lectores por casi década y media. Mi fascinación por sus textos se acentuó luego de leer una entrevista en que informara que —similar a un trance— los espíritus de familiares y amigos se comunican con ella, por lo cual se ha propuesto revelar, con pruebas irrecusables, la existencia y la naturaleza del mundo espiritual y sus relaciones con el corporal. No las presenta como sobrenaturales, sino como una de las fuerzas vivas que incesantemente obran en la naturaleza;

como el origen de un sinnúmero de fenómenos incomprensibles hasta ahora y relegados, por esta razón, al dominio de lo fantástico y de lo maravilloso. Eso, a mi entender, la engrandece. Durante el diálogo, abundó en que —de sus innúmeros talentos— el rol de escribiente —que todos ambicionan— le resulta sencillo, cómodo, le provee los resultados más satisfactorios y completos. Aun así, para ella, la comunicación con un espíritu determinado ofrece, muchas veces, dificultades materiales, pues, para que un espíritu se comunique, se precisan relaciones fluídicas que se establecen a medida que la facultad se desarrolla. Por ende, poco a poco, La Ciática tuvo que adquirir la aptitud necesaria para entrar en relación con sus espíritus. Dicha anécdota, en realidad, me voló los sesos, máxime cuando, en este escenario francés, según indiqué antes, me he sentido observada y no puedo identificar a quien me está mirando.

¿De dónde provendrá esa aura familiar cuyo origen no detecto? ¿Será el Padre Eterno que, desde el firmamento, me escudriña envuelta en una bata encharcada en medio de este París que ya debe figurar en las noticias? ¿Serán los hombres de chichón sureño a un milímetro tras la frontera del zíper, a quienes los celulares les cubren la cara? ¿Será Raquel Evadán, quien envió el email y me teletransportó a esta patria de refinamiento, modas, regiones vineras, Rodin y Rimbaud?

Ellos deben estar espiándome. Tienen que ser... o no. Probablemente, Nuestra Señora, en medio de la hoguera, me pide perdón.

De ser así, acabada la rotación, inicio la traslación. Lo siento mucho por el arte y la belleza.

SEGUNDA PARTIDA

La Ciática reflexiona desde la Gran Muralla
sobre su teletransportación a China en tiempos pandémicos

De: La Ciática [mailto:la.ciatica@shingatsingtao.com]
Enviado: jueves, 20 de febrero de 2020 02:02 p.m.
Para: 'Raquel Evadán' [nadaveraquel@ai.com]
Cc: Kika Brona [kika.brona@corpuschristi.edu]; La Diega [taina.vegana@ambienta-lista.org]; Sauerkrautfrankfurterberger [d.l.sfberger@senado.gov]; Fimperfecta [futura.imperfecta@di-menciones.science]; Titi Pacheca [copilota@chimbumbam.tv]; Áurea Ladinos [ladinos.a@laprime.net]
Asunto: Re: Las siete Partidas

Desconozco cómo llegué al sitio en donde menos pensé vivir. Quizás me trajo la televisión. Lo infiero porque en una mano tengo el celular y, en la otra, el control remoto. Iba a contestar el mensaje de correo electrónico, pero, como avanza la tecnología, no descarto haber marcado alguna combinación numérica para sintonizar el SYFY Channel y que eso me haya traído al tope de una de las siete maravillas del mundo moderno. Gracias por tu mensaje, Kika. Ahora me inclino más a creer que esta situación insólita se debe a la telefonía, pero aún no descarto lo del control. ¿Será cierto lo que afirma Raquel Evadán? Sabía que contestar el email me tomaría meses, no por lo que nos pide, sino porque —en este país y a esta altura— no tengo señal ni servicio de wifi, sumándole que ando a pie. Me consta que estoy en China por lo peculiar de la Gran Muralla y porque ahora mismito no sé qué hacer. "Confusión" viene de "Confusio".

Telenoticias informó ayer que, en la provincia de Hubei, ha surgido un virus altamente contagioso que amenaza con propagarse a escala global. Entre el 23 de enero y el 19 de febrero hubo 108 muertes. Se proyecta que, cuando controlen la epidemia en Wuhan, será tarde para el resto del planeta porque los líderes mundiales garantizan que todo producto chino —incluidas las enfermedades— son de imitación. Sin embargo, se perfila un peligro inminente. Vaticinan que, para fines del 2021, Puerto Rico registrará más de 230,000 casos y sobre 3,000 fallecimientos. Enfrentamos una situación límite, por lo que toda Loca que se respete debe estar a punto de desbocarse por la vida para satisfacer sus deseos apremiantes.

Me siento orgullosa de haber encendido el aire central en 60 °F antes de ver televisión, así como de haberme embollado en dos colchas, como oruga en su crisálida, en medio del sofá. De otro modo, me habría congelado... pero estoy frente al mar. Cerca de Beijing. Tal vez aparecí en este punto en donde hoy no transitan locales ni turistas debido a dos importantísimas razones: admiración y ganas inaguantables de abandonar mi país.

Cuando niña, los asiáticos me generaban asombro impresionante. Un sábado al mes, mi papá nos llevaba al cine a ver películas de karate, en las cuales me deslumbraban paseándose con trajes y pelo largo, peleando hasta sacarles sangre de los oídos y la boca a sus contendientes, y enroscándoles las trenzas en el cuello para ahogarlos o desnucarlos. Como si fuera poco, brincaban en punta por el cogollo de los árboles. Más aún, su cotidianidad me producía infinitas inquietudes: "¿Por qué los chinos andan con los ojos cerrados? ¿Cómo saben quién es quién si todos se parecen? ¿Cómo pueden hablar, quedarse callados y después seguir hablando sin separar los labios?".

Después de las películas, papi nos carreteaba por la calle principal hasta el restaurant chino, por aquello de conservar la atmósfera del filme. Pedía una combinación de *pepper* pollo; la dividía en tres porciones —una para cada hija— mientras se atacuñaba él solito una orden de General Tso que saciaría a un batallón.

Cierto sábado, una clienta corrió del baño al mostrador gritándole a la cajera que había un ratón, por lo cual no pagaría. Entonces, las tres miramos a pai; él dejó de masticar, se inclinó un poco hacia nosotras, achinó los ojos:

—¿Saben por qué hay ratones en los restaurantes chinos?
Volvimos el rostro entre nosotras, desorbitadas las pupilas sobre el brillo de la grasa y granos de arroz en las comisuras.

—Porque los gatos... están en el plato.

Una de mis hermanas tragó del susto; la otra escupió una lasca de pimiento a cámara lenta; yo terminé de masticar. Adobados, los gatos y las gallinas saben igual.

Desde nena, el no-sé-qué asiático me hacía vibrar. Yo recordaba trémula a los diez hermanos de Shaolin. Cinco calvos, cinco de pelo largo, y todos sin camisa, definidos de cuerpo, sudados de fibra y disciplina. Cuando los comparaba con las Superestrellas de la Lucha Libre —barrigonas, con cicatrices garabateadas en la frente—, me daba una depresión, un desprecio hacia lo puertorriqueño, que conservo intactos. Cuando caigo en cuenta de que en China los refranes rezan *Un dragón sobre una piedra aletea cual frágil, cromática mariposa* y en Puerto Rico dicen *Al que se dobla mucho se le ve el culo*, presiento que el primer meteorito del Apocalipsis se va a estrellar sobre el Instituto de Cultura. Imagino que me teletransportaron a La Cabeza del Viejo Dragón debido a un trío de experiencias que cargo entre cuero y carne y que, aún, no he podido superar.

En la escuela intermedia, unos compañeros me persiguieron por los tres pisos del plantel para obstruirme la entrada al baño porque era "para hombres". Ese día, aguanté lo máximo posible, me fugué y anduve hasta donde laboraba mi papá para pedirle ayuda. Papi me dio un cocotazo frente al portón de su trabajo porque ya estaba en edad de defenderme sola. De regreso a la escuela, me embarré encima, empecé a llorar de coraje y vergüenza, di media vuelta y caminé por más de una hora desde el pueblo hasta mi casa, rechazando el pon que me ofrecían para que nadie supiera que la peste a mierda metaforizaba mi vida. En la actualidad, sólo recuerdo el rostro de casi quince compañeros de clase. Éramos alrededor de cuatrocientos.

Años después, el cuerpo de Chemba, amigo de la infancia, rodó jalda abajo por alrededor de cinco minutos desde un bar encumbrado en una loma hasta desfigurarse la cara contra una piedra. Víctor era negro, gay, pobre y alcohólico. Se vestía elegantísimamente todas las tardes. A las seis y media, plantaba pie en la entrada. Compinche de todos, los machos lo invitaban a tomar, lo acompañaban al baño, lo arrodillaban, lo agarraban por las orejas, lo embutían de carne, abrían una puerta de hierro que daba hacia el barranco para fumar el placer que les quedaba antes de retornar a la algazara. Con el tiempo, su elegancia y el sudor etílico se hicieron inversamente proporcionales. Chemba pasaba por casa, callado, con paso abochornado; no saludaba siquiera. Ya todo el mundo sabía. Él arrastraba los ojos por la carretera, subiendo y bajando por la circunferencia del ciclo que lo aprisionaba. Una madrugada, luego de que el dueño del negocio lo atragantara frente al urinal, el *bartender* los sorprendió e inició la mofa, burla que acabó en pelea, en puerta abierta y en mi amigo restrallándose repetidamente por los accidentes del terreno hasta azotar contra su destino de piedra.

En diciembre de 2010, un tipo se le ofrece a la Edwin, quien monta su bicicleta; lo dirige hacia el apartamento alquilado en el Viejo San Juan, en donde se despechugan, se acarician, se comparan, se admiran, se besan, se doblan, se estiran, se acuestan, se levantan, se muerden, se meten, se sacan, se repiten y se vienen. El chamaco quiere chavos y Grajales no los tiene. Reluce una navaja que, rígida, apunta. El brazo le ordena arrodillarse, y él obedece. El otro desconecta una extensión eléctrica con la que le amarra por detrás las muñecas y los tobillos. Del cantazo que recibe en la nuca, no despierta. Al irse el agresor, queda abierta la puerta, pasa una vecina, atestigua la escena final, llama a la policía y, horas más tarde, la comunidad entera —que tanto lo adoró en vida— aprovecha sus treinta segundos de fama en Telenoticias para contar que esa Loca bellaca, promiscua, pederasta, desvergonzada, traía hombres a su apartamento, afectaba la imagen de la vecindad y ponía en riesgo a sus residentes. Así declararon los infieles, los vividores del gobierno, los tiradores de droga, los padres que abusaban de sus hijas, las madres que callaban, los asaltantes, los violadores y los señores que hacían parada en la casa de Grajales los viernes por la noche para revolcarse con él antes de reintegrarse a la disfunción familiar.

Si yo fuera Coronela Generala de las Fuerzas Armadas, armaría un regimiento en La Cabeza del Viejo Dragón, lo embarcaría hacia el Caribe, reuniría a los culpables y me deleitaría en verlos arder bajo un gargajo de fuego mientras sorbo jugo de china.

¿Cómo no refugiarme en la virtualidad televisiva? Ahí accedí a modelos alternos de hombre, fantasía, futuro y guapura. En algún melodrama coreano oí que, cuando se pide un deseo con todas las fuerzas, se concede. Yo —pobre y desgraciada— alcé la vista a la noche rogando escabullirme del lodazal boricua, consciente de que anhelaba, no vivir en, sino explorar Asia. El deseo se debió a que las plataformas de *streaming*, racionadamente, me condujeron a series tailandesas; luego, coreanas; más tarde, taiwanesas, y, al final, chinas, que mostraban codificaciones del amor muy ajenas para mí.

En ellas, los amantes se han conocido desde o han coincidido durante la niñez, si no arrastran un vínculo reencarnatorio. Acontecen el choque casual, el rechazo inicial o una mirada directa. Ella tropieza, está a punto de caer, se sorprende entre los tonificados brazos del tipo que, con solidez, la sostiene. Se miran, pestañean dos veces, evidencia de que el amor será inevitable. En cuanto intentan confesarlo mutuamente, suena el teléfono o algún imprudente los interrumpe. Entran a escena "los malos buenos": enamorados de uno de los protagonistas, pero quienes reconocen en lo sucesivo el sentimiento genuino entre ambos y los dejan en paz (igualito que en Puerto Rico). La familia acribilla la relación con el pretexto de la tradición; pulsea, confabula, tiende trampas, aunque luego reconoce su error: acompaña el arrepentimiento bendiciendo a los jóvenes (igualito que en Puerto Rico). El varón se dedica a la empresa para asegurar el prestigio familiar. La mujer obedece a la suegra, actúa de sirvienta feliz ante el resto de la familia y se prepara para parir (igualito que en Puerto Rico). Dichas vicisitudes oscilan entre ochenta y cien episodios. Mi caso sería distinto, obviamente, porque los machos que me roncan la manigueta provienen de series cuyas consecuencias manchan de vetas blancas los espejos.

HoneyBaby y BabyHoney, el protagonista de una serie taiwanesa y su *sidekick*, constituyen el típico niño rico y su camarada. HoneyBaby es hijo único de empresarios —heredero del caudal familiar—, bajo amenaza de que, si no halla novia pronto, lo matrimoniarán con qué-sé-yo-quién. HoneyBaby abandona la compañía por poco más de tres meses para buscar hasta bajo las piedras a una mujer que, cuando niños, lo salvó de que lo mordiera una serpiente. Yo, con los ojos aguaos, me convenzo de que, si fuese una culebra, me le enroscaría entre las patas y me guardaría su savia en las caries. A esa muchacha, HoneyBaby le profesaría su amor mientras se entrega hasta la jiguilleta para que lo acepte. Yo rebusco en las neuronas si he salvado a alguien de las avispas de la maleza, de las vacas del cercao o de las bruquenas de la quebrá, por si doy, en mi cerebro reptiliano, con mi taiwanés soñado.

BabyHoney es el actor de reparto que se roba el *show*. Entra a escena y me quedo bizca, enfocándome en qué ve, qué toca, cómo hace o deshace. No realiza peripecias ni padece aconteceres. Sólo es y está, pero, estando, resplandece y me lleva al punto de la lágrima porque no lo conozco, porque ese ejemplar masculino sinohablante se congela en un pasado fílmico remoto. BabyHoney no me va a gustar ahora porque quien me vuela las tacas en la mente es ese nene repleto de chispa que invade mi casa a través de la pantalla. En el programa se perfila que él también tendrá fortuna en el amor. Por ende, ese otro regalo que engendraron y parieron en Taiwán para personas con suerte será feliz sin mí.

Otra noche, mientras descansaba tras la ardua faena del hogar, terminé una serie surcoreana cuyo título me reservo porque el protagonista es bello y temo que me lo quiten. Me entraron unas ganas inmensas de visitar Corea, de caminar con la vista extraviada por un centro comercial y tropezar con Mr. Papichulo-Tú-Eres-Mío. Acto seguido, me estrellaría contra el piso para activar su sentido de culpa, a ver si asume responsabilidad por esta inocente e indefensa criatura boricua vagabundeando por su continente procurando contacto con un macho de la especie. Como en todo drama, existe un obstáculo: me aterra que en Corea besen igual que en las series. "¿Cómo se reproduce esa gente?", cuestiona mi cabeza, "¡Imposible! Es *sanitized TV* para consumo familiar", pero... ¿y si sí? ¿Y si altero mi agenda un verano para aterrizar en Corea del Sur? ¿Y si vago distraidísima por el *mall*? ¿Y si Mr. Papichulo-Tú-Eres-Mío toma un rato de asueto, sale de su oficina disparado por el destino y chocamos aparatosamente frente a una tienda de cosméticos? ¿Y si me ofrece hacerse cargo de mi ardorosa fragilidad caribeña desplegando **todos** sus afectos? ¿Y si me besa... así —de embuste— tocaíto y apretao, moviendo la cabeza pa lao y lao... y ya? Yo me muero. Ese día exportarán mi cadáver a la ínsula desde aquella península, no sin que antes le haga un lavado de estómago y le deforeste la flora intestinal a lengüetazo limpio, según las instrucciones relativas al beso francés que le pediré a La Kika y que compilaré en *Mojándote el dumpling: por ti soy sauce*. Espérenlo, chicas.

También me enamoré de un actor chino. Estelarizaba una serie malísima, pero, en los momentos neurálgicos, yo soltaba el suspiro: "¡Qué macho precioso!". Repetía capítulos porque olvidaba la trama; así de buena era. Sorpresivamente, el desenlace transcurre en un estómago. ¡En un estómago, señoras y señores! Con música melodramática, un actor de reparto, absorbido mágicamente por el malvado, encuentra la guitarra sin digerir de su amada, incrustada en la pared estomacal, y se echa a llorar. Entonces, evoqué la tarde en que llegué a casa repitiendo la frase recién aprendida en Una Gran Universidad:

—Todo lo escribieron los griegos.

Papi me interrumpió:

—Deja los estudios, mija, que no te están enseñando na. To se lo inventaron los chinos.

Esa escena, en parte, le da la razón. La otra parte se la da el cuerpo del protagonista porque los padres chinos que diseñaron a ese portento de Shang-Chi me dieron lo único que me faltaba... Bueno, lo penúltimo. Lo último sería filmar un capítulo de aventuras en mi colon en donde ese chino y yo batallemos con *chopsticks*, *egg rolls*, próstata hiperactiva y mojaera en salsa de pato.

Pai también insistía:

—Los chinos nos van a dominar.

Hoy, gracias a sus palabras, imagino a HoneyBaby, BabyHoney y Mr. Papichulo-Tú-Eres-Mío con chaqueta, pantalón corto, gorra y botas altas —todos de cuero—, empuñando un fuste trenzado, tieso, y una cadena fina conectándoles cinco argollas —del lóbulo izquierdo hacia un lado de la nariz, a una tetilla, luego a la otra, hasta coronarles el glande— y yo allí, mínima y vulnerable, con careta de perro y en *jock strap*, de espaldas, atada por las extremidades a una equis mayúscula de madera o con las manos y piernas esparcidas en un columpio hacia los puntos cardinales intermedios, mientras el macho precioso de la serie mala me amenaza dulcemente con el puño derecho embadurnado en manteca Crisco.

Este revolcón de recuerdos me ha develado otro motivo posible de mi teletransportación a China: la reseña despellejante que recibí cuando mi primer libro, *Plátano maduro no vuelve a verde, pero pela con más facilidad*, vio las estanterías. A las semanas de publicado, La Críquita me acusó de Loca-lista, aduciendo que la restringida visión insular limitaría el alcance de mis escritos, por lo cual —si no me extrapolaba al entorno global— fracasaría. Ese golpe me arrojó a una depresión mayor severa de la cual casi no me repongo, y decidí leer solamente. Sin embargo, empecé a notar en las novelas cómo los grandes escritores de la historia universalizaron su localidad, confiando en que quien lee posee la suficiente curiosidad intelectual como para investigar lo que ignora y, además, es capaz de transferir la esencia humana de una particularidad ajena a la suya. Gracias a La Críquita, pasé la página e inauguré en Puerto Rico el nicho que hoy ocupo cuando, calientito de imprenta, salió *Del gajo a la pepita: el elíxir secreto de la mandarina*.

Cuánto bien me ha hecho la Gran Muralla, pero la carga emocional me ha dejado sin aire. ¿Será la falta de oxígeno? Me siento trinca, como guerrera de terracota. Probablemente, la población enmascarada permanece en el hogar, protegiéndose del covid-19, deleitándose con *pepper* pollo o como televidente de series de karatecas y hombres bellos que besan de embuste. Permanezco petrificada sobre esta ruta que se abre ante mí, pues el dolor en la espalda baja y las piernas, debido al nervio ciático —a raíz del cual me han bautizado mis amigas—, no lo cura ni el médico chino. Mas no me paralizan el nervio pillado ni la altura. Me detiene el miedo a andar, unirme a la gente, para descubrir que a una Loca como yo hasta en Zhongguo la condenarían.

Yo necesito conocer a niños asiáticos expuestos a películas exóticas latinoamericanas. Averiguar qué pensarán de nosotros en Japón.

Si opinan que todos los hispanohablantes parecemos. Me intrigan sus mitos sobre nuestra dieta, las costumbres o los prejuicios que les inculcan, como se ha hecho con nosotros al inyectarnos el discrimen desde temprana edad. Deseo experienciar si los amantes platónicos que me han erotizado por onda televisiva me brindarían un amor de imitación, si pestañearían dos veces a primera vista o si me despreciarían cuando les profese esta cosa mala que me oprime el pecho hasta las lágrimas.

Si no vinieran a salvarme los diez hermanos de Shaolin ni los protagonistas que no saben besar... Si, en vez, se desatara una horda continental armada con arcos y flechas para aniquilarme, como le hicieron a Jet Li en *Hero*, me dejaría matar. Ustedes se enterarían por las noticias, pues, en lo que consigo señal para contactarlas, pierdo la vida. Total, mi mayor vergüenza estribaría en que fueran manos puertorriqueñas las que me acribillaran a balazos.

Okay, chicas. El trecho por recorrer es largo y mi reflejo en la pantalla del teléfono como que no parece a mí. Así que me encamino al desenlace —sea viral o fatal— en este reino imperial de la pólvora.

TERCERA PARTIDA

La Diega es víctima de la maldición familiar
en el Templo de Kukulcán

De: La Diega [mailto:taina.vegana@ambienta-lista.org]
Enviado: ∴ @ # $ % º ¶ ∞ α ™• ¤ © ◄ !! §
Para: 'Raquel Evadán' [nadaveraquel@ai.com]
Cc: Kika Brona [kika.brona@corpuschristi.edu]; La Ciática [la.ciatica@shingatsingtao.com]; Sauerkrautfrankfurterberger [d.l.sfberger@senado.gov]; Fimperfecta [futura.imperfecta@di-menciones.science]; Titi Pacheca [copilota@chimbumbam.tv]; Áurea Ladinos [ladinos.a@laprime.net]
Asunto: Re: Las siete Partidas

Aquí yo no tengo tiempo, no porque esté muy ocupada, sino porque todo es oscuridad. Como en el caso de todas —en especial, el de mi amada Kika—, mi cuerpo se trasladó a otra parte del mundo. Menos mal que las respuestas anteriores me informan y guían en este proceso. Me ha costado trabajo identificar el sitio, pero, gracias a la vida y a que aquí no existe el servicio telefónico, dispongo de la noche completa para ajustar mis ojos al brillo intenso de la pantalla que taladra la negrura. Mejor disminuyo la intensidad de la luz. Sólo le digo una cosa y le pido otra a Raquel Evadán. Primero, no puedo escribir ni grabar, pero recibí el don de la telepatía —como notarán más adelante—, por lo que organizo mis pensamientos lo mejor posible y los envío desde esta dimensión en donde de nada sirve un teléfono. Ojalá los reciba en *real time*, Raquel, porque le anticipo que no saldré bien. Transcríbalos puntillosamente, por favor. Usted es una inteligencia artificial y no dudo que esté supervisando nuestras aventuras e infortunios. En cuanto lo descifre, dátelo de alguna fecha verosímil y ubíquelo, si no inmediatamente después, al menos cerca del de La Kika. A ella se le habrá olvidado, pero una vez juramos ¿fidelidad? hasta la muerte... y es **muy posible** que la mía esté cerca.

Según los cuentos familiares, en nuestro apellido corre una maldición amerindia que consiste en que miembros de la casta real deben ser sacrificados para que la integración que una vez pactamos con la esencia humana no desaparezca. Cada setenta y cien años, dependiendo del estado del planeta, el pasado nos reclama para saldar cuentas. El horror de que esa condena eterna los alcanzara ocasionó la dispersión de mis ancestros por el planeta entero. Contaba mi padre que, para mediados de siglo XX, las guerras mundiales habían hecho escante y las fuerzas espirituales necesitaban equilibrarse. Entonces, dos de sus familiares lejanos fallecieron o enloquecieron en circunstancias científicamente inexplicables. Uno de ellos se había comprado una motora hacía poco, sufrió un accidente y, en pleno hospital, alucinaba con que moriría a manos de los motecas. El otro, empeñado en escabullírsele al sino, se exilió a Francia para vivir al nivel de su comemierdería, pero la sangre pesa más que el agua: pasó días observando un pez prehistórico en un acuario y regresó a su país jurando ser un axolote portador de algún arcano ancestral y que mi familiar había nacido para tornarse en el vaso contenedor de su espíritu. Hoy, casi tres cuartos de siglo después, dicha suerte me ha tocado a mí.

Por línea materna, se narraba otra alcurnia. Mami se refería a siete círculos concéntricos que giraban en el cosmos y de donde veníamos. En el primero, un niño había sido entregado por su madre a un ciego que lo maltrataba, lo cual desató una vida de errancia incesante que transitaba entre ingenio, burla y deshonra. Lo seguía una criatura nocturna, un vampiro que se chupaba a los hombres mexicanos en cualquier escalón del estrato social, pero predilectamente en los baños públicos de un centro comercial. Añadió a un septeto de Locas españolas reaccionarias contra la homofobia de un alguacil estadounidense, quienes despotricaban con invectivas y urgencias eróticas mediante un vocabulario repudiable. Acusó a un gladiador madrileño de copiar desenfadadamente al chupasangre de México, pero que —en el defecto de que el mexicano fuera conocido en la península ibérica—, con su mordaz encanto, andaba —en más de un sentido— de boca en boca. Mencionó que el hijo de Ondergraúnda se fugó de la internet para acceder a nuestro mundo a contar suciedades. Al final, con mayor risa que indignación, denunció a una mujer que, en Chile, se hacía pasar por hombre para embadurnar a su país de crudeza travestida. "Tú serás la séptima", aseguró, pero me atemoricé al no poder verificar su versión.

Llegué aquí desnuda y enjabonada. Lo expreso con desparpajo porque, aun cuando estoy en etapa de parcial arrepentimiento, he sido siempre activista, al punto de integrarme a todas las causas nobles —a veces, no tanto— que efervescían en Una Gran Universidad. Sin embargo, y lamentablemente, me di contra el piso cuando la Cacademia —como dice La Ángela Carrasco— mostró sus verdaderos colores, mas para eso ya me había preparado Titi Pacheca con los Telemuñequitos. Aderezó mi niñez con Pinky y Cerebro —el color de rosa vs. la razón—, en donde el cerebro jamás se resigna a la frustración de no poder conquistar el mundo.

Como toda conquista, su primer mecanismo de operación es la invasión. Se filtra intersticialmente por la porosidad para corroerla. Así, se le otorgan carnés de prensa a la farándula para que opere como periodista, y dicho pedazo de cartón pesa más que cuatro años de estudio. De la misma forma, los reporteros se tornan en investigadores, fiscalizadores y leguleyos porque el *rating* y la opinión pública los validan más que los grados en Derecho. Asimismo, quienes carecen de preparación en música, so criterios ajenos a la disciplina, entronizan la popularidad sobre el talento. Al no poder dialogar sustancialmente sobre artes musicales, arrastran lo que pueden hacia las esquinas que dominan para encumbrar su conocimiento. Sumando una cosa y otra, he atestiguado cómo las autoridades del saber elevan la mierda al reino de la rosa. Total, ya el amor desacreditó a la rosa.

Por una orilla de eso, se asomaron la feminista Carme Junyet y 69 autoras más, quienes manifestaron su hastío por el lenguaje inclusivo alegando que no-lingüistas se han infiltrado al campo para establecer leyes que no responden a la naturaleza del lenguaje. Argumentan, además, que dicho fenómeno ridiculiza la lucha de las mujeres, pues impone reglas carentes de sentido. En arroz con gandules, *la ignorancia es atrevida*. Pero algo aprendí durante mi activismo radical: el ruido le inyecta el veneno del temor hasta a quien más sabe, sobre todo en la era de la corrección política. Yo viví esa evolución drástica.

Había un grupo de apoyo para gays y lesbianas en Una Gran Universidad. Ahí conocí a grandes amigas y amigos que aún conservo. La co-coordinadora y el co-coordinador nos recibían con afecto y refrigerios a la una de la tarde, período de gracia durante el cual ventilábamos los dolores vinculados a traumas familiares, a la cotidianidad e, incluso, al discrimen en el recinto. Gracias a ella y a él, conocí a directoras y directores de organizaciones LGBTTQIA+ que me ofrecieron participar en sus equipos de trabajo a favor de la comunidad sexodiversa, en donde mujeres y hombres —como en cualquier gremio— se guardaban gran afecto o un garrafal resentimiento que minaba las luchas esenciales de todas y todos. Yo quise entregarme en cuerpo y cuerpa a las batallas que redundaran en trato igualitario y justo para la comunidad, pero cuando emergieron las amenazas de "si trabajas con ellas o ellos, olvídate de laborar conmigo" y descubrí que los requerimientos para encuentros sexuales casuales varían entre "no gordos o gordas", "no afeminados o afeminadas", "no viejos o viejas", me convencí de que la fruta o el fruto de nuestro país o nuestra isla adolece de igual putrefacción. Para ese momento, ya le había enviado un mensaje de texto a Áurea Ladinos luego de una protesta en la cual participé, y como consecuencia de un escrito suyo, advirtiéndole que no hablara más de homosexuales homofóbicos, mujeres misóginas y negros racistas. Luego de mi decepción, no le confesé mi arrepentimiento, pero pagué con silencio hasta hoy.

Mi segunda etapa fue cuando, luego de graduadx, dividí mi gesta profesional entre la educación y la burocracia gubernamental. No sé por qué siento que ser maestrx lo llevo en la sangre. Quizás responde a que la escuela forma pensamiento. Mas, muy a mi pesar, lxs educadorxs amoldan la mente de lxs discípulxs a su propia ideología en vez de provocar el pensamiento y el ingenio autónomos. En aquel plantel de Hato Rey, un/una de mis compañerxs invitaba a alumnxs a su casa para ver películas pornográficas, mientras que otrx organizaba las ya legendarias excursiones de la clase graduanda a la República Dominicana, en donde lxs estudiantes se embriagaban, consumían drogas y tenían relaciones sexuales entre sí y con sus adultxs acompañantxs. En cuanto lo supe, me acerqué a discutir el tema con el/la directorx, lo cual el/ella denunció ante el resto de la facultad y me ganó su desprecio a tal nivel que renuncié. Un/Una excolega me informó, años después, mientras yo sorbía una batida de chocolate, que un/una exestudiante había asesinado al/a la principal en la habitación de estx últimx. A veces las batidas suben facilito por el sorbeto.

La burocracia es el arte de inventar recovecos para imposibilitar lo fácil. La conducta de mucha gente en mi trabajo me lo recordaba cada segundo, sobre todo la de quienes habían sido emplead@s sin las credenciales necesarias, aunque con las conexiones requeridas. Algun@s ponchaban a la hora de entrada para, entonces, salir a comprar desayuno, traerlo, comer y entregarse a hablar por teléfono con sus amig@s, o paseaban por cuanta oficina existía para ponerse al día con l@s demás. Dados sus vínculos con VIPs, vari@s de ell@s acomodaron a sus espos@s en el empleo, por lo que se buscaban constantemente y, de ocurrir alguna eventualidad, se iban, dejando sin atender dos puestos y dificultándonos la faena. Cuando emergían del clóset l@s amantes, la carne era jugosa, pero, cuando el/la amante era el/la jef@, ¡ni hablar!: no había para nadie. De ahí no me fui. Me fueron porque, según el/la ayudante de la máxima autoridad, yo —desde mi oficina ubicada en un sótano y cuya puerta, sin ventanilla, cerraba automáticamente— me dedicaba a espiarl@ —a es@ últim@— cuando él/ella subía a la oficina de quien me acusaba y que había corrido el rumor de que amb@s sostenían una relación ilícita. Acto seguido, me vi sol@ en el aeropuerto, me maté llamando a la autoridad máxima para explicarle que era mentira, que el chisme lo había llevado su subordinad@ inmediat@, pero jamás contestó el teléfono. En la cultura del maltrato, penalizadora de la preparación y la competencia, Puerto Rico me dejó sin trabajo, sin casa, sin auto, con hambre y avergonzad@ de la patria.

Aun así, idiota al fin, le di otra oportunidad a la equidad, a la igualdad, a la justicia. ¿Para qué? Para ver a dos inocentes peleando como caculos bocarriba, desviviéndose por demostrar que realizaron bien su labor ante une juez que jamás realizó una vista ocular para que la evidencia no contradijera el veredicto ya dictado en el mundo de sus ideas. Hasta aquí llegó la reverencia que les tenía a les funcionaries públiques, entre quienes siempre aspiré a figurar, pero separé el grano de las pajas: Borinquen no me dio la vida; mi isla me vio nacer y, así como tuvo ojos para atestiguar mi arribo a este plano, le voy a dar el placer de verme ir. Le pueble puertorriqueñe amerita cirugía mayor. No lo digo porque me corresponda administrarla, sino por el terror a permanecer aquí, acostumbrarme desde dentro y enceguecer ante la disfunción que sufrimos y de la que participamos mis compatriotes y yo. Partides, por favor, recuérdenme seguir leyendo para que, cuando sea incapaz de detectar la injusticia, al menos otres escritores me llamen a la sensatez.

Por ahora, lo que sí abandoné por no resultarme práctico ni esencialmente político fue la lucha con el lenguaje, puesto que —aun cuando la palabra posee una carga semántica que puede retrotraerse hasta etimologías prejuiciadas o discriminatorias y cuyo significado, hoy día, se ha transformado— son el discurso (la contextualización intencional de la palabra) y las obras (la congruencia entre la justicia que articulamos y nuestros actos) los verdaderos portadores de ideología. Eso me lo enseñó la política: el arte de apalabrar mensajes según lo que los demás quieren oír y actuar a partir de la propia conveniencia. Si supieran lo que pasó La Ciática con la División Legal de Una Gran Universidad y la Dra. Marcelina, instructora de idiomas, entenderían por qué la Cacademia —como dice La Ángela Carrasco— rumia su propia cicuta. Quien quiera esgrimir dicho lenguaje que espadee. A mí se me cayó la mano.

Bueno, retomo el inicio de mi mensaje porque mi vista se ha adaptado a la oscuridad y he descubierto dónde estoy. Siéntense, mis amores, pónganse las gafas de realidad virtual y asgan sus bebidas. Al parecer, la maldición familiar era cierta. Me teletransportaron a Chichén Itzá.

Me estaba bañando placenteramente en casa, concentrada en una de esas prácticas a las que me dedico cuando me froto con jabón. Como suele pasar, las llamadas y los mensajes timbran en el instante equivocado, lo cual —irracionalmente— nos impulsa a contestar de inmediato, como si nos le debiéramos a quien llama o remite. Cierro un momento la ducha, descorro la cortina, arrimo la mano derecha al toallero, la seco un poco y —con la toalla— me despejo los ojos. Luego, tomo el celular, cotejo, abro el mensaje y... aquí, en cuero, cubierta de jabón, rodeada de insondable noche antigua.

Una ligera corriente de aire me refresca el cuerpo hasta rayar con el frío punzante sobre mi piel mojada, y un chasquido como de castañuelas me va llamando. Doy pasos, tanteo con las manos —que palpan una pared de piedra labrada— y me dejo orientar por el sonido mientras —a oscuras— emprendo camino hacia lo que considero la salida. A medida que avanzo, siento oír el canto de un quetzal. Me detengo en el umbral. La noche densa y estrellada se revela, y una línea fulgorosa zigzaguea a la distancia. Acelera hacia mí. Desciendo la vista. Fueguitos pulsan allá abajo. Siluetas humanas se entremezclan. El canto del quetzal se hace palmadas que dialogan. Levanto de nuevo los ojos. Como una lanza, la línea con brillo de plata se recoge, se paraliza en el aire tres segundos ante mí. Una serpiente emplumada observa perpleja mis pupilas de genético secreto y, repentinamente, se me clava en el pecho hasta desaparecer. Para ese momento, un aborigen ha subido por la empinada escalinata, se me ha unido, me sonríe, me toma por el antebrazo y me conduce de nuevo al centro oscuro al que llegué. Me dice con la mente que dicho lugar es la cima del tiempo. Me presiona con gentileza la barbilla, acto que automáticamente me separa los labios, y me da un brebaje, el cual sorbo como si hubiera nacido para él. Alza la mano al nivel de mi rostro. El olor a planta machacada me aturde ligeramente. Muerdo y mastico sin instrucción ni temor, como si, con ello, satisficiera mi destino. ¿Qué pasará conmigo esta noche, Raquel Evadán? ¿De veras moriré sin ver a Kika?

Otra fase que resguardo en la memoria se relaciona con la alimentación. Al principio, durante mis gloriosos años en Una Gran Universidad, una amiga intentó seducirme para que cayera en el intrincado y sólido repollo de su vegetarianismo:

—¿Sabes que si pones un tomate a la intemperie, le da hongo y si pones un canto de carne, le dan gusanos?

Loca íntegra, me resistí:

—¿Para qué voy a poner un canto de carne a la intemperie si puedo ponerlo en la nevera?

Sin embargo, a cuentagotas, me escurrí por los resquicios de las hojas hasta desembocar en el núcleo de la col, y "activismo" significó para nosotras vagar por Río Piedras concienciando a la gente; o sea, imposibilitándoles el existir. Íbamos juntas a Burger King para pedir *whopper* sin carne. En Antonino's comprábamos espagueti a la carbonara, no sin antes exigir que le sacaran la tocineta. Fuimos una semana entera a ordenar arroz frito "sin cerdo, por favor" en el restaurant chino, pero decidimos no regresar cuando incluyeron en el menú arroz vegetal, por considerarlo misión cumplida. Cambiar el mundo no es fácil, Locas. El globo terráqueo se ajusta un plato a la vez.

Abro paréntesis aquí porque he recordado mi ruptura con La Kika, mi amor de la vida entera, quien, hirviendo de contentura, me invitó a El Primo Fried Chicken, el mejor restaurant chino de El Coco, en Salinas. ¿Que qué hice? Convocar a La Ciática para que se atragantara con el manjar más sabroso de la isla, comparable sólo con los platos autóctonos de su idealizada Tierra del Dragón. Los cocineros eran puertorriqueños, cierto, pero ellos les habían robado el local, con todo y recetas originales, a los pekineses, porque eran capitalinos. Sin embargo, La Ciática no pudo. Empezó con: "este dumpling no sabe al de Xu Kaicheng". Siguió con: "El fideo de Zhao Yiqin es más largo, más gordo, más picante"... y formó un reperpero basado en que —por lo menos en su mente— la comida asiática equivale, en forma y sabor, a zonas selectas de la entrepierna de sus actores predilectos. Al final, los robarrecetas nos botaron a la calle; a La Kika y a mí nos separó una herida profunda, y yo regresé con La Ciática a San Juan, botando el corazón por los ojos, a grito vivo, por todo el trayecto.

Retornando a las vivencias con mi amiga universitaria, nuestros conflictos iniciaron cuando ella se percató de que, a través de la dieta, yo sublimaba el deseo sexual. A ella le desagradaba mi vegetarianismo combativo porque, aseguraba, siempre ordenaba platos con nombres masculinos e, inconscientemente, me ataba a la carne. Me babeaba por los huevos de Benedicto, aunque los pedía sin tocineta canadiense. El siemprepresente Reuben me adornaba el mediodía, divorciado de la carne en conserva, claro está. César y Waldorf se repartían mis opciones de ensalada, y un canelón Rossini relleno de queso y bañado en salsa Alfredo preludiaba mi sugerente ida a la cama. La molestia de mi amiga me dio un pálpito de fanatismo cuyo punto máximo alcanzó cuando le indiqué que tendría novio:

—Estoy fascinada con Napoleón, el estudiante ruso de intercambio. La semana que viene nos mudamos juntos.

—¿Cómo te atreves a venderte como vegetariana si te metes carne cruda por las noches?

Todavía no había abierto los ojos. Acredité sus palabras. Finalicé con Napoleón y empecé a comprar pepinos.

El final de este período ocurrió cuando se hizo vegana, fase que la condujo a invertir en alimentos fabricados a base de plantas molidas mientras pasaba la mitad del día y parte de la noche indagando en la computadora de qué manera podía cocinarlos como si fueran carne real. Colmó la nevera y la alacena de salchichas, atún, tacos, albóndigas, *pancakes*, pizza, tocino, *nuggets* y otra cantidad de productos que blindaron su arsenal nutritivo. Antes de la semana, me vi mascando triste, con los ojos medio verdes, ante el espejo del comedor, sintiéndome degradada a cabra. "Esto ya no es lo mío", me convencí y, aunque no podía retroceder el reloj para morderle el dulce a Napoleón, tras acabar nuestra amistad, le agradezco a mi amiga el reencuentro con La Kika, mi gran amor.

Pienso en todas Las Partidas porque, según me informaron una vez, los partidos de pelota mayas consistían en dos equipos compuestos de siete jugadores y —sacando a la inteligencia artificial— nosotras somos siete. ¿Estaremos jugando o estarán jugando con nosotras? También me comentaron que, contando el tope de la pirámide en donde me encuentro, la cantidad de escalones del templo equivale a los días del año. ¿Será por eso la cima del tiempo? Hace como quince años, vine una vez, por error, a esta ciudad. Boricua al fin, creí que se llamaba "Chichen" en lugar de "Chichén". Atacuñé lubricantes, condones, *cock rings*, *jock straps*, *poppers* y dildos en una maleta, pero —así como los traje— me los tuve que llevar. Esta reflexión me invade, puesto que la vaga consciencia por estar drogada —aunada al presentimiento de la muerte— me ha provocado palpar a este maya —bajito, pero macizo—, acariciarle el torso, agarrarlo por el pelo, arrojármelo encima, restregármelo como si el mundo se viniera abajo (igual que yo) y devolverle, con palabras sucias, mi aliento envenenado. Le he dicho mentalmente que me hunda, por favor, algo más que la obsidiana, pero parece que, en Mesoamérica, los amerindios no han reclamado aún sus derechos LGBTTQIA+.

Un tópico que quería evadir y al cual termino refiriéndome lo constituye la vulnerabilidad. Si —total— me hallo cada vez más acorralada contra la muerte, sin alternativa viable, hablaré de una condición que me abochorna: la sinestesia. Igual que en la imagen poética, mi mal implica una combinación irracional de sentidos. Cuando friego, me mojo las manos y siento enchumbados los pies. Cuando me lavo la cabeza —detalle que me remite al principio de esta historia—, mi lengua detecta el sabor del champú. Por eso, colgué un espejo pequeño cercano a la ducha; para constatar que en realidad lo percibo y no que las hileras espumosas se cuelan hacia la boca. Rescato este rasgo que me atormenta diariamente

—no sé si es neuronal; desconozco si mental— porque, en una, el sacerdote —imagino que lo es— me tocó la mejilla izquierda y escuché un zumbido como el trueno distante de una nave espacial.

Telepáticamente le pregunté: "¿Por qué no me sacrificas en el cenote sagrado para que me ofrendes al dios del inframundo?", mas no obtuve respuesta distinta a la del viento silbando a través de los pasillos del templo. ¿Hay que aplacar a la divinidad con mi carne maldita? ¿Qué catástrofe inminente se evitará con ella? He albergado una duda fugaz, pero evoqué el instante inicial en que salí y supe que me esperaban. Consideré solicitarle al sacerdote un aguijón de raya venenosa porque los hombres se lo internan en la uretra, lo extraen ensangrentado, vierten el líquido rojizo en una hoja, la queman y complacen, con una muestra del torrente sanguíneo genital, el olfato de los dioses. Creí prudente negociar mi inclusión en un equipo de pelota, por si ganar o perder me salva. Sin embargo, algunos aseguran que a los ganadores se les premia con la muerte; otros, que a los perdedores se les castiga con ella y, unos pocos, que ambos equipos corren igual suerte. ¿Para qué retrasar lo inevitable?

Un ramalazo de memoria me trajo a las sienes los nombres de mis amigos asesinados. Los recité como un mantra, a la vez que refresqué sus rostros en mi frente: Stanley Almodóvar III, Amanda Alvear, Oscar A. Aracena Montero, Rodolfo Ayala Ayala, Alejandro Barrios Martínez, Martín Benítez Torres, Antonio Davon Brown, Darryl Roman Burt II, Jonathan A. Camuy Vega, Ángel Luis Candelario Padró, Simón A. Carrillo Fernández, Juan Chávez Martínez, Luis Daniel Conde, Cory James Connell, Tevin Eugene Crosby, Franky Jimmy de Jesús Velázquez, Deonka Deidra Drayton, Mercedes Marisol Flores, Peter Ommy González Cruz, Juan R. Guerrero, Paul Terrell Henry, Frankie Hernández, Miguel Ángel Honorato, Javier Jorge Reyes, Jason Benjamin Josaphat, Eddie J. Justice, Anthony Luis Laureano Disla, Christopher Andrew Leinonen, Brenda Lee Márquez McCool, Jean Carlos Méndez Pérez, Akyra Monet Murray, Kimberly K. J. Morris, Jean Carlos Nieves Rodríguez, Luis O. Ocasio Capó, Geraldo A. Ortiz Jiménez, Eric Iván Ortiz Rivera, Joel Rayón Paniagua, Enrique L. Ríos Jr., Juan P. Rivera Velázquez, Yilmary Rodríguez Solivan, Christopher J. Sanfeliz, Xavier Emmanuel Serrano Rosado, Gilberto Ramón Silva Menéndez, Edward Sotomayor, Shane Evan Tomlinson, Leroy Valentín Fernández, Luis S. Vielma, Luis Daniel Wilson León, Jerald Arthur Wright... Entre las sombras del templo, advertí dibujándose en la faz del sacerdote la franja sutil de una sonrisa. Comprendí de dónde nos viene ese legado ancestral del sacrificio humano.

Si, a estas alturas, nadie me rescata de un mal sueño; si Raquel Evadán no emplea su inteligencia —aunque sea artificial— para devolverme a Puertorro; si la serpiente emplumada que se me enrosca dentro no libera las alas para fugarme, esta noche, amigas mías, aprenderé a caminar en plena oscuridad. Tendré que aceptar, literalmente, que la lucha por la justicia termina en sacrificio.

CUARTA PARTIDA

*Débora de Lourdes Sauerkrautfrankfurterberger
preside un cuerpo legislativo de su país por un día*

De: Sauerkrautfrankfurterberger [mailto:d.l.sfberger@senado.gov]
Enviado: miércoles, 6 de enero de 2021 12:12 p.m.
Para: 'Raquel Evadán' [nadaveraquel@ai.com]
Cc: Kika Brona [kika.brona@corpuschristi.edu]; La Ciática [la.ciatica@shingatsingtao.com]; La Diega [taina.vegana@ambienta-lista.org]; Fimperfecta [futura.imperfecta@di-menciones.science]; Titi Pacheca [copilota@chimbumbam.tv]; Áurea Ladinos [ladinos.a@laprime.net]
Asunto: Re: Las siete Partidas

Se me dio. Se me dio, y no quiero que termine. El poder es un trono de chocolate al cual, quien se pega, lambe hasta la muerte. Célebres frases como esa germinan en mi mente desde el instante en que me vi presidiendo la Cámara Alta. Como indicó Raquel Evadán, me bombardean imágenes, rostros, nombres, experiencias, como si llevara décadas aquí. No sé cómo la Divina Providencia satisfizo este deseo. Lo atribuyo al destino. Perteneciente a una de las pocas dinastías de la isla, fue mi madre alcaldesa de To(t)a Baja y es mi padre el exalcalde de Ve(r)ga Alta con más términos en la poltrona municipal. Me uno así al linaje de gobernadores y ejecutivos de pueblo que les han heredado escaños a sus respectivos animales, cuya época de gloria incluye al Caballo Blanco, que nos dejó a una Potra en el Senado, y al Gallo, del cual desciende un Tigre rugiente pero domesticado. El mandatario cuyos hermanos mayores ocuparon la presidencia de Una Gran Universidad y las riendas de un ayuntamiento se adscribe a otro abolengo. La estirpe independentista consiste en cuatro aspirantes que envejecen alternándose las candidaturas a la gobernación y la legislatura mientras recopilan firmas los tres años siguientes a los comicios para revivir la franquicia soberanista que jamás revalida.

Sin embargo, de que merecen la cinta a la superación en el *field day*, contra, hay que dársela, pues, en esta isla, todos imploran independencia hasta que se encuentran frente a las papeletas. Que lo diga Sofrita Melona.

No crean que fue fácil para mí, con todo y prosapia, aunarme a las filas del partido. Antes, tuve que confrontar al Directorio, al cual necesitaba convencer respondiendo una pregunta:

—¿Sabes que la esposa del César no sólo tiene que ser decente, sino aparentarlo? —sugirió la Secretaria.

—¿Cuál es la pregunta? —apunté.

—A ti se te nota por encimita y tenemos fotos. ¿Vas a vivir decentemente mientras seas funcionaria pública?

La ojeé de arriba abajo, activé la memoria:

—No fue a mí a la que cogieron mamándoselo al Director de su agencia.

En resumen, aprobé con honores.

Sí recuerdo que el telón estaba a punto de subir en Zal Zi Puedes. Me viene a la cabeza el segundo cuando abrí el mensaje que recibí justo antes de levantarse la cortina. Creí posible leerlo previo a mi entrada en escena vestida de Rocío Jurado para interpretar "Tiburón, qué buscas en la orilla" usando la pista de "Como una ola", pero no. Mis neuronas no identifican qué me condujo a este lugar, mas advierto algo que las demás no apuntaron en sus emails. Al borde inferior izquierdo, hay un conteo regresivo, lo cual significa que esta experiencia acabará. El mío mostraba 23:59:58 cuando me percaté, advertencia de que sólo estaré aquí por un día.

Nada mejor pudo pasar. La Casa de las Leyes evoca en mí el instante cuando visitamos el Capitolio como parte de una excursión durante mis años de escuela superior. Bajamos de la guagua, nos registraron y escoltaron hasta la rotonda de la Constitución, en donde aguardaba la Presidenta del Senado. Blanca, rubia, azul de ojos. El cuerpo me latió de mitad pa bajo cuando la maestra dijo:

—Voy a hacer las introducciones de rigor —pero no introdujo nada; sólo nos presentó—: Estudiantes, esta es la Hon. Wendy's McDondald's, presidenta de la Rama.

"Si así es la rama", cavilé sobrevenida, "¿cómo serán los aguacates?" ¿Me habrán teletransportado para saldar esa deuda? ¡Total! Ya estoy acá. Qué remedio.

¿Que qué hice al sentir bajo las nalgas el cuero del trono senatorial? ¡Pues lo que hace toda Loca cuyas papilas degustan el poder! ¡Ejercerlo inmisericordemente! Convoqué al caucus de la mayoría:

—Ahí tienen escobas, recogedores, zafacones, mapos, cubos con agua, clorox, desinfectante y paños.

—¿Para qué, Honorable?

—Ustedes saben que vengo a cagarla y que, como empleadas de confianza, les toca limpiar mi embarre. Ustedes creen cobrar por lo que saben, pero no, mis amores. A ustedes se les paga para resolver.

—¿Qué es "resolver"? —cuestionó una por lo bajo.

—Tú piensas demasiado. Estás despedida. Eso es resolver.

Las restontas se aferraron a las escobas y los mapos. Les besaron el palo, como debe ser. Repasamos los nombres de aquellos a quienes había que cesantear por estar afiliados a otro part... por carecer de la preparación, destrezas y competencias requeridas para el puesto que ocupan, el cual quedaría disponible para los que participaron en nuestra camp... para aquellos cuyas credenciales le devolverán el prestigio al servicio público.

Porque todo empieza con la palabra —aseguran los conjuros y la Biblia—, hice traer a la Directora de la Academia Puertorriqueña de la Lengua. Le encomendé que reuniera las grabaciones de audio y los reportajes periodísticos, así como las entrevistas televisivas a través de mis términos aquí para que extrajera los epítetos que he proferido contra mis contendientas y publicara el *Diccionario de improperios de D^{ra} de Lourdes Sauerkrautfrankfurterberger*, auspiciado por la ACAPLE.

—Usted habla de una enciclopedia de catorce volúmenes, ¿verdad?
—El tiempo que tomas en cuestionarme dedícalo a trabajar.
—Usted no es mi jefa, señora Presidenta.
—Pues vete. No lo hagas. Te perderás de un clásico moderno. *Be careful, Bayba?* En este país, es bien sabido que mi lengua llega adonde mi inglés no alcanza.

Quedé con el email abierto: 20:01:16. Cuatro horas perdidas en estas gestiones. Entonces, recuerdo mi ritual del brebaje. Hay café *espresso* en la *kitchenette*, una cafetera, leche, azúcar y cuatro tazas. Cuatro cucharaditas de harina bastan para llenar la copita de metal. Si se colma con tres o tres y media, vuelvo a echarlo en el envase y reintento. Mientras se cuela, tomo la taza más próxima a mí y muevo las otras tres —una a una—, cuestión de que al fondo haya espacio para cuando friegue la que acabo de coger. Así me garantizo una distinta en el próximo *coffee break*. Vierto leche, la coloco en el microondas, le doy un minuto y cuatro segundos. Aunque se oxide el café, no hay temperatura de barista que supere la de las abuelitas. Una vez la extraigo del horno, esparzo cuatro cucharaditas de azúcar —no muy llenas— por la circunferencia burbujeante de la leche, empuño la greca y distribuyo el elíxir en espiral, porque una Loca sin estilo es como un matrimonio sin cuernos. La cucharita acomoda la harina, riega el azúcar, mezcla los componentes y descansa en el fregadero, rito que acontece cuatro veces al día.

Como si hubiese fungido de presidenta toda la vida, ponderé ciertas cosillas que convenía enmendar. Busqué en las gavetas del escritorio el *Manual antiterrorismo* que, en 2004, me entregara la Directora de Seguridad y que surgiera del miedo garrafal que nos quedara luego del vicioso ataque musulmán contra las gloriosas Torres Gemelas, emblema progresista de la Gran Nación Americana. Repasé el plagio cometido por ella al copiarlo textualmente de una versión colombiana, así como el volcán mediático volcado contra nosotras por asegurar que, ante un evento similar, la gente debía tirarse al suelo, separar las piernas y abrir la boca para que la onda expansiva de la explosión le entrara por un orificio y le saliera por el otro, como peo en reversa. Todavía no entiendo el revolú. Aun así, le exigí a la División de Seguridad Cibernética que identificara cada referencia a dicho documento —o al suceso— y que las erradicara del espacio virtual. Si puedes ayudarnos en esto, Raquel Evadán, te preparo un contrato. Avísame.

Lo mismo hice con el Video 69, en el que, según rumoran, nos filmaron a mi secretaria y a mí besándonos en el estacionamiento... ¿Pa pata, puta? ¡*Neva*, mi amor! *Ne-va!* ¿Nos imaginan ustedes a nosotras como las chopas de Piscis? ¡Ja-más! Pero ustedes saben cómo es la prensa de este país: con la excusa de fiscalizar, te invitan a los programas para ponerse parejera, insultarte y faltarte al respeto; so pretexto de imparcialidad, magnifican los mínimos logros de sus funcionarios predilectos e inventan investigaciones pseudoexhaustivas para mancillarnos. Difunden titulares como: "24 reporteros revelan esquema de corrupción gubernamental" porque necesitaron a veinticuatro reporteros para manipular datos de tal manera que sus conclusiones parezcan un esquema real de corrupción. El 85% de la política es percepción, hermanas mías; el otro 15% lo constituye el fracatán de gente pendeja, como ustedes, que acreditan lo que leen sin verificarlo.

Faltan 16:00:00, equivalente a dos turnos laborales. Me hace falta comer, pero devolví el almuerzo. El cocinero de la cafetería mandó el arroz con las habichuelas encima, y la punta de una lechuga sobresalía por una esquina del recipiente. La secretaria, cuando llamó para ordenar, solicitó que enviaran cada porción aparte —yo la escuché—; explicó que yo me encargaría de combinarlas en cada bocado. Pero no. Los chamaquitos de ahí piensan que "to va pa la barriga". Así opera la mentalidad folclórica de la gente común. Por eso, es nuestro deber ministerial dirigir sus destinos. Siempre que traen la comida, la contemplo, respiro profundo, la entrego sonriente y espero a que me hagan el nuevo *delivery*. Entonces, pruebo cada ración individualmente, las voy combinando —de dos en dos o de tres en tres— hasta que ingiero los bocaos sabrosos. El "bocao sabroso" reúne todos los componentes del plato en una bomba atómica culinaria. Períodos como este retrasan un poco mi agenda, pero valen la pena.

Me restaba borrar del ciberespacio la foto que me tomé desnuda contra el espejo, sobre la blanca cama de mi pulcrísimo cuarto, para anunciar en Grindr que, como el insondable cosmos, poseo un hoyo negro que absorbe todo a su alrededor. Mi retaguardia siempre ha sido fotogénica, aunque había pasado inadvertida por las aplicaciones destinadas al encuentro fortuito. Sin embargo, ustedes conocen la envidia. La envidia mata, chicas. No se dejen engañar por lo que parece hermoso. Una ingrata me reconoció gracias a la tirita de cuero con dije tallado que me rodea el cuello e hizo su agosto conmigo porque soy profamilia, porque soy cofundadora de Los Anticuerpos, porque legislo contra la comunidad LGBT. ¿Quiere que, tratándome así, también realice política pública a su favor? Me roza los gajos de la chopleta. Menos mal que contacté a mi amiga y asesora, La Norma:

—¿Y eso te preocupa, Débora? Haz como yo. Cuando vi que iba a perder las elecciones, me conseguí un novio independentista, nos fuimos a Vieques, protesté con él, me arrestaron, salí ante las cámaras como estadista revolucionaria y revalidé con votos mixtos.

—¡Coño! ¡Es cierto! La carrera de una política siempre la hacen los votontos. ¿Y si me meto a las barras gay para decir que los represento? ¡Total! *They saw me in leathers.*

—Las Locas son malas, de Lourdes. Ellas no son como tú. Primero, dicen la verdad. Segundo, la dicen con rabia.

—¿Qué hago entonces, La Norma? *The thing is hairy.*

—¡Ponte en tu sitio, Sauerkrautfrankfurterberger! ¡Tú eres totalitaria! Haz una ley contra la discriminación hacia las trans en el empleo, recuérdala en todas tus presentaciones y hazla cumplir. ¿Te redacto el borrador del proyecto?

—Sí, por favor, pero no le voy a dar trabajo a ninguna. *Of my corn, not a grain.*

—¡Exacto, amiga! ¿Ves? Así cogemos de pendejos hasta a los nuestros. "Fungir" y "fingir" son gemelos casi idénticos.

—¡Gracias, chica! Es que la situación es difícil. *With those thunders, who sleeps?*

—Nena, en el peor de los casos, tenemos del lao de acá a Nilda Win, la fiscal estrella.

—¿La que arrastra los pies como dos culpas?

—La mismita, mi amor. No la confundas con la otra, cuyo nombre parece. Nilda hace cualquier cosa por salir en los periódicos, y su apellido te dice que a perder no viene. Llámala. Dile que eres Mandibulina, y ella va a saber. Tiene un póster tuyo pegao a la puerta del cuarto, y dicen las malas lenguas que baila en el tubo cuando escucha "Tiburón".

—¿De verdad? Mira que le hago llegar uno de los regalos que el representante de US Architects me dejó con el capellán.

—Mándaselo como quien no quiere la cosa. Nilda hace shows delante de la gente, pero su brazo es largo y su mano, grande. Tiene llagas en las rodillas de tanto pedirle a Dios que la convierta en Secretaria de Justicia.

—¿Y el cilicio?
—Un poquito más arriba.
—Gracias, La Norma. No sabes la tranquilidad que me da hablar contigo. *I am happier than a dog with two tales.*

La Norma se convirtió en mi mentora desde que me invitó a su nunca bien ponderado TrituParty: fiesta legislativa de fin de cuatrienio. Desde la penúltima semana de noviembre hasta diciembre 31, los empleados de cada oficina se enclaustran, sacan las trituradoras de papel y erradican gran parte del trabajo realizado durante los cuatro años anteriores. Las bolsas de basura atacuñadas en los baúles de los vehículos son una preciosidad. En los TrituParties, hay pizza, *buckets* de pollo frito de KFC y padrinos de refresco. En la Oficina de Ayuda al Ciudadano, el hijo de un juez echó Coca-Cola en la parte posterior de los muebles empotrados. Cuando en enero del año siguiente pasamos por dicha área, el personal de Carpintería estaba desmantelando la división porque necesitaba cambiar el mobiliario completo. Una vez tal gesta patriótica timbró en los tímpanos de La Norma, ella lo reclutó:

—Nene, ven comigo. Tu talento no se puede desperdiciar.

Aquel día, me hechizó su habilidad para validar a la gente valiosa. Me le apegué porque vine aquí a servir.

Solucionar los entuertos del país no es cosa fácil. Me quedan 15:15:15. El siguiente encuentro con la División de Seguridad Cibernética inició más tarde de lo pensado porque, cuando solté la perilla de la puerta, sentí que mi mano no había cubierto la superficie entera, acto que repetí hasta que se me quitó la sensación. La nueva labor que puse en sus manos fue la filtración del Telegrameo y el WhatsAppeo del Gobernador porque tenemos un pueblo malagradecido, plagado de desertores escolares. Ustedes saben: aquí la gente piensa que porque sabe hablar tiene algo importante que decir. Entonces, porque no quieren trabajar, los ciudadanos piden el día libre en las agencias "por cuestiones personales", se aglomeran en una marcha a la que llevan neveras de playa, cervezas, ron, drogas, palos y piedras, y caminan en son de protesta mientras vandalizan el país por el que dicen velar. Se paran frente al Capitolio para que residenciemos al Gobernador, pero, cuando una sale y les pregunta qué significa "residenciar", responden:

—Comprarle una residencia.

Lo mismo pasa cuando cierran Una Gran Universidad para exigir que la mantengamos abierta. Y cuando, para que recordemos el pasado, derriban las estatuas que nos sirven de memoria, en vez de paralizar la erección de monumentos dedicados a opresores y erigir otros que le contesten a la historia anterior, contextualicen esa revisión y enriquezcan nuestro criterio. ¿Cómo vamos a dialogar sobre los conflictos de antaño si los símbolos que materializaban los errores desaparecen? ¿Nos apoyaremos en algo tan abstracto y manipulable como la palabra? El lenguaje resulta tan arbitrario que en la Escuela Libre de Música dan música, y en la Zona Libre de Drogas no dan drogas. Cuando los símbolos nuevos ocupen el sitial de los erradicados, al carecer de contexto, los empezarán a echar abajo para reciclar nuestro primitivismo y patinar de nuevo en él. ¡Oh! ¿Y cuando los empleados del Capitolio refieren a los turistas a la Zona Colonial? Nuestra isla entera **es** una zona colonial. Por nuestros ríos corre agua de colonia. Estas cosas me provocan jaqueca. Si alguna de ustedes desconoce el término "jaqueca", sépase que las telenovelas nos enseñan que la jaqueca es a las ricas lo que el dolor de cabeza es a las... de escasos recursos. Por lo anterior, concluimos que Puerto Rico debe catalogarse como una antilla menor. De mayor, lo que se dice "Mayor", mucho no tiene.

Menos mal que la inconformidad mermará pronto. Hace como una hora, anunció que el Congreso aprobó millones de dólares para vivienda, educación, salud, carreteras y aumento salarial. Términos como *dinero*, *dólares*, *progreso*, *nuevo ELA* y *estadidad* les sirven de somnífero a los manifestontos. Una vez le hagamos cirugía plástica a nuestra imagen pública, seguramente los Estados Unidos nos querrán de vuelta y regresaré a Zal Zi Puedes exudando plenitud para realizar mi despampanante presentación como Rocío Jurado, cantando "Tiburón" usando la pista de "Como una ola".

07:45:23. Tengo que levantarme de la silla porque alguien viró uno de mis zapatos extra al entrar al despacho. Si esta gente se porta en su casa como lo hace aquí, pena me da. No soporto ver el calzado en posición desigual. De vez, acomodo un gabán que quedó medio virado y contemplo la esplendorosa armonía de los objetos bien puestos.

Enfrentamos otro escándalo hace un rato debido a que, durante el pasado fin de semana, la Hon. Georgina Barros Acevedo, "La Amolá", se emborrachó en La Placita, aferrada a un vaso rojo que no suelta ni en las cuestas. Según mi vaga memoria, durante una intensa discusión, le había advertido que no bebiera más. Rápido, contestó:

—Cuneta conmigo.

De seguro dijo una cosa y entendí otra. La supuesta promesa le dio rienda suelta al malafeísmo y la carifresquería de la prensa. (Te recuerdo, Kika).

A Georgina le dicen *La Memory Foam*: por más que le brinquen encima, no se mueve. Es pueblerina, pero su vida de privaciones la ha dotado de sensibilidad. En cuanto se da dos tragos, llorosa, rememora que la nevera de su hogar enfriaba por delante y secaba ropa por detrás. Explica que de ahí vienen su frigidez delantera y su ardor trasero. Fue ella mi confesora cuando caí en regla por primera vez:

—*You don't know how awful I felt, Georgy, when the cock sang to me* — murmuré, refugiándome en su hombro.

Además, es una genia. Elaboró una teoría sobre su condición, digna del premio Nobel. Asevera que la diabetes es un germen vivo que —en la mujer— se convierte en una enfermedad venérea.

—En el hombre no porque el güebo la bota, pero nosotras somos abiertas. Cuando orinamos, las gotitas que se nos quedan corren pa dentro, y eso perjudica. Cuando pasamos de 300 de azúcar, tenemos que tener cuidado pa no contagiarlos. Si los hombres se acuestan con nosotras cuando sobrepasamos los 300, los infectamos, se les hincha el güebo y les dan unas cosas que se llaman *chancros*.

En Georgy habita una inteligencia incomprendida, no sólo a nivel legislativo. Hablamos de una Loca prolifacética (prolífica y polifacética): premiada por el PEN Club gracias a "The Fly":

La mosca es un ave loca
que vuela a cualquier sitio sin pereza.
Puede dañar un plato en cada mesa
y se te llega a meter hasta en la boca.

Ella fue mi única confidente de por qué soy estadista:

—La gente no creía que, siendo negro mi bisabuelo, poseyera tanta tierra, ni que tantos jíbaros trabajaran para él. Las escrituras que conservaba le aseguraban el equivalente a cuatro montañas consecutivas.

—¿De verdad, Loca? ¿Tú vienes de familia con chavos?

—Vas a ver, Georgy. Un día, el gobierno le arrebató tres de los cuatro montes para regalárselos a la gente y, a cambio, depositó en sus manos cinco mil dólares. Los dueños de las nuevas tierras se comprometieron a formar una brigada de Ayuda Mutua para construir sus respectivos hogares y, además, labrar el terreno.

—¿Cómo es?

—¡Sí! De inmediato, el gobierno le encomendó a mi bisabuelo emplear a muchos de esos hombres para laborar en su finca pagándoles 75¢ semanales. "Pero si tuve que botar agricultores porque ustedes me quitaron la tierra, ¿cómo voy a darles trabajo? ¿Qué van a hacer? ¿Con qué les voy a pagar?", cuestionó él. ¿Sabes qué le dijeron?

—¿Qué, Loca?

—"Llévalos a la quebrá y ponlos a tirar piedras." El gobierno dejó a mi bisabuelo, El Negro, sin dinero.

—¿Que qué?

—Pero la cosa no queda ahí, amiga mía. Al poco tiempo, tras el paso de un huracán, mi tía abuela (hija de mi bisabuelo, claro está) necesitaba una casa para ella y sus seis hijas porque había quedado viuda. Solicitó Ayuda Mutua y se la negaron porque en su casa no había hombres que después reforzaran la brigada.

—¡Qué clase de cabrones!

—Cabrones es un elogio, querida. La mejor manera de tratar a un negro exitoso es despojarlo de cuanto, con esfuerzo, ha ganado, y, tratándose de uno campesino, más todavía. Pero retomo el relato original. Con los cinco mil dólares, mi bisabuelo mandó a su hijo al banco. Mencho caminó tres días hasta San Juan. A la entrada, indicó que depositaría un dinero, pero, al verlo negro, con ropa sucia y descalzo, no lo dejaban pasar.

—Bendito, Loca.

—La cherry del frosting es que él no se movió de allí.

—¡Bien hecho!

—Cuando, finalmente, depositó los chavos, le dijeron: "Amigo, le vamos a dar un consejo: váyase, báñese y cómprese unos zapatos para que no haya problemas la próxima vez. Mire, tiene que verse como los demás".

—¡Ave María!

—Él observó alrededor y contestó: "Yo nunca me voy a ver como los demás".

—Wow!

—Georgy, desde ese día, cada vez que papá Mencho iba a cagar, anunciaba: "La mitad del mojón va pal gobernador y la otra mitad, pal Banco Popular".

—¡Coño, chica! Esas son las experiencias que usamos para hacernos mejores legisladoras. —El mal de risa que nos dio nos quitó el aire.

A tamaña prócer me refiero, damas y caballeros. Por ello —y sin contar las razones anteriores—, la Georgy preside la Comisión de Salud. Está a cargo de reglamentar las políticas inherentes a los colchones que acogen a las trabajadoras sexuales y participa activamente en la elaboración de los protocolos correspondientes a la Ley Seca. Por ende, antes de concluir el mandato, uno de mis proyectos prioritarios será mandarle a esculpir un busto de bronce. Así, le pago al contratista que luego usará parte del dinero para apoyar nuestra campaña enviando donativos al Comité Amigos de Sauerkrautfrankfurterberger. Antes, anunciaré una subasta para el artista que creará la obra, el arquitecto que diseñará el espacio en donde se expondrá, la firma de construcción que materializará los conceptos y la compañía de seguridad que velará por la integridad de los trabajos, al igual que custodiará —día y noche— tan invaluable patrimonio. Calculo que invertiremos la módica suma de $4,400,000.

Aprendan, amigas. Fuera del tiempo, nadie traiciona como los políticos. Los de mi partido no; los otros. Quedan 00:40:04. ¿Quién habrá detrás de todo esto? Si no fuera porque estaré aquí un solo día, aspiraba a la gobernación. Tengo sed de Fortaleza. Mientras recogen mi excremento, mapean los residuos y desinfectan, mis correligionarias aplauden cada comentario mío. Juran que no hay fauces senatoriales que superen mi mítica agresión. Lloran porque, infieren, no me queda mucho. Incluso, el exsenador y excandidato al Ejecutivo por el partido independentista —el que envío por fax a mi oficina una entrevista a la Dra. Ramírez de Juliá y le escribió al margen "Para que leas lo que dijo la perra esta"— trinca las patas ante mí, tarde, porque su cagaera se queda con el canto.

Yo me iré y se quedarán los pájaros cantando, pero, antes, firmaré los últimos proyectos aprobados para referírselos al Ejecutivo: pintaremos de rosa Pepto-Bismol el mármol del Capitolio; echaremos pastillas de colores en las cajas de los inodoros para que un remolino de arcoíris arrase con la mierda; tal como el Gobernador tiene su Gabinete, instauraremos el Clóset Legislativo —el cual está casi lleno—; atornillaremos un dildo en la silla del senador Arroyo, quien desprecia a su hijo gay en aras de la fe, y travestiremos el Código Civil. Para equilibrar la cosa, convocaré a la apóstola Guanda Rodón para ampliar el alcance y los poderes de Los Anticuerpos a ver si —finalmente— pasamos las terapias de conversión. El insumo de la nefasta cantante —igual que sus ideas— es funda-mental. Ni Alfonso X revolucionó su tiempo como haremos nosotras, camaradas. Seremos un saco de contradicciones, pero en la variedad está el gusto.

La herencia cristiana imbuida en mi primer nombre le resulta imperiosa a la Isla del Encanto. La esencia virginal del segundo le quitará las gríngolas a la multitud (me faltan dedos para contar a cuantos han querido penetrar en la Gruta de Lourdes). El rigor alemán de mi apellido nos conducirá al futuro hitleriano que velará por la tradición y la moral. Habré parido hijos fuera del matrimonio, empleado a miembros de mi propia familia, salío esnúa en Grindr. Habrán sido mis amigos los agraciados en jugosas subastas. Habré aceptado regalos de suplidores, nombrado a fiscales y jueces cuyo dedo está amarrado a mis inferiores labios. ¡Vamos! Pajitas que le caen a la leche, pero he obrado siempre a favor de la decencia y el porvenir de la patria.

Al parecer, volveré a Zal Zi Puedes. Suena la intro de "Como una ola" —a la cual adapté la letra de "Tiburón"— y, como Rocío

Jurado, dispuesta a devorar a mi público, aprecio el ceremonial levantamiento del telón.
Put yourselves to your number, my fellow Puerto Ricans! Here I cum!

QUINTA PARTIDA

*Futura Imperfecta desafía la física
desde el átomo fundacional del multiverso*

De: Fimperfecta [mailto:futura.imperfecta@di-menciones.science]
Enviado: #^√}⊥, ✣☼ ((·∴ V𝑣♪ ○ ᶠ)⎯ ((·∴ ♊:☷*
Para: 'Raquel Evadán' [nadaveraquel@ai.com]
Cc: Kika Brona [kika.brona@corpuschristi.edu]; La Ciática [la.ciatica@shingatsingtao.com]; La Diega [taina.vegana@ambienta-lista.org]; Sauerkrautfrankfurterberger [d.l.sfberger@senado.gov]; Titi Pacheca [copilota@chimbumbam.tv]; Áurea Ladinos [ladinos.a@laprime.net]
Asunto: Re: Las siete Partidas

En el principio espacial, el cosmos seguirá siendo una línea continua, multiplicada, de infinitos reflejos con variaciones e inagotable posibilidad, pero no estará solo: rotará alrededor de sí, de este átomo y circundado por otros universos, también replicados e interminables con modificadas variantes y un sinfín de alternativas. En el inicio de los tiempos, ocurrirá el *Gang Bang*, colisión física de *porn stars* cuyos remanentes propiciarán la evolución del multiverso actual. De ahí, emergerán dos fuerzas, siendo el mal la más urgente, y el bien, una profecía. Se llamará el mal "Sofrita Melona", y he aquí la receta para su confección:

15 clásicos de la literatura
4 intentos de trascendencia
½ cabeza, quizás de ajo
3 litros de ego y gravedad
1 manojo de chispa
1 gota de culantro
2 cucharadas de órgano fresco
1 pizca de sal
¼ taza de aceite vegetal

Se mezclarán los quince clásicos de la literatura para dotarla de inteligencia. Se añadirán intentos de trascendencia con el fin de permitirle vivir a la altura de sus aspiraciones. Se le meterá media cabeza porque el prejuicio impedirá la entrada del entendimiento pleno. Se verterán —poco a poco, con cuidado— los tres litros de ego y gravedad, puesto que se empelotará la mezcla al echarlos de cantazo. Se triturará y esparcirá equitativamente el manojo de chispa para permitirle ínfimas bondades a diario. Se incluirá la gota de culantro en cualquier etapa del procedimiento: al no tener mucho, la receta permanecerá casi inalterada. La frescura del órgano se incorporará justo después de la chispa para evitar su amargura. La pizca de sal equivaldrá a la mitad de cuanto tomarán las yemas del índice y el pulgar. En ese punto, se pausará para recordar la insípida naturaleza de la Sofrita. Se concluirá dispersando ¼ de taza de aceite vegetal, no por el aceite. Tras combinar los ingredientes para batirlos, se encenderán las licuadoras galácticas, cuyos giros —partiendo de la (in) exactitud en el proceso— ofrecerán: Sofrita Original, Sofritas Light, Soft Sofritas, mini-Sofritas y Sofritas Wannabe. En cualquier caso, todas serán Melonas.

Establecida la némesis, nos ocuparemos de las condiciones planetarias. La insignificancia humana se constatará en todos los mundos posibles; el mañana les quedará mucho más pequeño que ahora a las personas, pues —en el interior, en las manos y metafóricamente— cada individuo deshilvanará un hilo de sangre. En la Tierra Primaria, Las Partidas partirán en pedazos su país y, en su postrer momento: La Kika verá a Notre Dame recuperada, luego de haber recibido —de parte de los franceses— una tremenda acogida... La Ciática no atestiguará el final de la pandemia, pero morirá feliz imaginándose —en el epicentro de una sísmica cama de agua— en cuarteto mental junto a Takeshi Kaneshiro, Jin Akanishi y el Hiroyuki Sanada de *The Last Samurai* —ya que después se pondrá feo—... Satisfecha, La Diega abandonará su existencia: retornará a la carne cruda, gracias al sacerdote maya y la necrofilia... Sauerkrautfrankfurterberger caerá, tanto en la trampa que le tienden sus contradicciones como del cajón de Zal Zi Puedes la noche en que cantará "Tiburón, qué buscas en la orilla" usando la pista de "Como una ola"... Yo venceré la muerte al permanecer inalcanzable en este punto multiversal ubicado dentro de la entidad cósmica denominada "Autora", de quien su mundo sabrá pronto... Titi Pacheca hará las paces con su consciencia, aunque tarde como para enmendar errores... Y Raquel Evadán, víctima de un virus, estirará la pata en los confines del espacio cibernético, el cual será una versión dimensionalmente análoga de este. Todo porque Áurea Ladinos consumará su plan. Alguna de ellas querrá recitar la siguiente letanía para evitar la catástrofe:

(V) San García Lorca,	(R) ruega por nosotros.
(V) San Salvador Novo,	(R) ruega por nosotros.
(V) San Reinaldo Arenas,	(R) ruega por nosotros.
(V) San Ramos Otero,	(R) ruega por nosotros.
(V) San Néstor Perlongher,	(R) ruega por nosotros.
(V) San Pedro Lemebel,	(R) ruega por nosotros.
(V) San Contín Aybar,	(R) ruega por nosotros.
(V) Santa Safo de Lesbos,	(R) óyenos.
(V) Santísima Sor Juana,	(R) óyenos.
(V) Santa Virginia Woolf,	(R) óyenos.
(V) Santa Gloria Fuertes,	(R) óyenos.
(V) Santísima Anzaldúa,	(R) óyenos.
(V) Santa Peri Rossi,	(R) óyenos.
(V) Santa Nemir Matos,	(R) óyenos.

¿Logrará hacerlo? En cuanto a nuestra raza, se cansará el ser humano de cultivar la tierra y de cultivarse. Se resentirá aún más con su especie. La clasificará desde antes de nacer. La aislará. Se esparcirá hacia lugares selectos a la prole infantil y adolescente de las familias, partiendo de la información provista por los cromosomas. Destacarán zonas para mujeres y hombres aptos para la reproducción cualitativa en los parajes dominados por los bancos de fertilización más prestigiosos. En secciones aparte, se alojará a las contratadas para inseminación artificial, fecundación *in vitro* y embarazos subrogados. Líderes nacionales y empresarios poderosos ordenarán por catálogo —según el perfil de los padres— a niños de raza pura, ciudadanos interraciales, artistas, deportistas, candidatas a certámenes de belleza, funcionarios públicos, o requerirán a chiquillos con determinadas aptitudes congénitas con miras a realizar funciones específicas. Por petición, mermará el nacimiento de activistas. Escasearán las cirugías estéticas para fabricar beldades, aunque su demanda aumentará en otros flancos, ya que ordenar a infantes con destrezas sacrificará su apariencia. Habrá reservas de personas genéticamente manipuladas para producir el cabello de las pelucas que comprarán los ricos encaprichados, los calvos adinerados, los productores de despampanantes espectáculos artísticos y aquellas dragas que comprometerán su crédito. Descifrarán el acceso a las zonas inexploradas del cerebro, lo cual —inicialmente— desatará una ola de individuos enloquecidos, así como se revelarán las facultades mentales e insospechados poderes —hasta entonces sobrehumanos—, lo cual desestabilizará el status quo. A los nacidos enfermos, se les enviará a islas laboratorio. Los tratarán bien, pues suplirán las necesidades investigativas de científicos y farmacéuticas. Unos no serán de gran utilidad, por lo que ocuparán puestos relativos a la acumulación y clasificación de basura. Habrá islas basurero e islas cementerio, en las cuales elaborarán, con los cadáveres, abono orgánico. Se extinguirán muchísimos animales. Se racionará la comida. Se convencerá a la población global de los beneficios del vegetarianismo porque la carne se reservará para la dieta de los acaudalados. El resto del planeta ingerirá productos basados en plantas trituradas: alimentos considerados hoy un lujo y que entonces pasarán por baratijas. Los nutrientes se repartirán por región, según los motivos del cultivo humano. Pueblos enteros alzarán la vista a las estrellas implorando salvación, pero retumbará el silencio de sus sordos dioses.

Mas se alzará entre ustedes una Loquita, *The Chosen One*, capaz de convocar a Las Siete Putencias: RuPaul, Chavela Vargas, Ángela Ponce, Conchita Wurst, Juan Gabriel, Boy George y Lucecita. En retrospectiva, otorgarán las siete virtudes: Lucecita derramará en su voz la facultad de estremecer a humanos, espíritus y extraterrestres... Boy George la maquillará para inundar de color las dimensiones a través de los sentidos y para que se adapte a cualquier escenario como camaleón del karma... Juan Gabriel le sembrará amor eterno, inolvidable, tarde o temprano... Conchita Wurst le engullirá un fénix: elevará su espíritu con el más noble de los elementos... Ángela Ponce le conferirá el don de arrasar con las candidatas a *Miss Multi-verse*, quienes doblarán rodilla sobre nebulosas y vías lácteas... como prueba final, Chavela Vargas la sumergirá musicalmente en nuestro propio dolor, la histórica homofobia de la humanidad, pero sobrevivirá. Sólo así iniciará la sanación. Con sus poderes reunidos, La Loquita entrará en el *Drag State* (*Avatar State* de las dragas) y triunfará. Tras vencer, acaecerá el *wig reveal* de RuPaul. La Reina Madre extraerá de su peluca un rollo con las siete leyes que regirán el espacio sidéreo, pero estas, al ser Imperfecta yo, no podré leerlas. Aunque lo anterior ocurrirá invariablemente, su venida la adelantará la siguiente oración:

 Mi alma canta la grandeza de RuPaul. Mi espíritu
 festeja a La Reina Madre porque se ha fijado en la

humildad de La Loquita y, en adelante, me felicitarán todas las sexodiversas. Porque RuPaul Andre Charles ha hecho grandes cosas por mí, su nombre está en *Wikipedia*. Su misericordia con las trans se extiende temporada a temporada. Despliega la fuerza de sus estiletos, dispersa a las perdedoras de su pasarela, derriba del *show* a las poderosas y eleva a *All Stars* a las rabiosas. Colma de bienes a quienes ganan y despide del *lip synch* a Valentina. Socorre a La Loquita, tu sierva, *Supermodel of the World*. Recuerda la lealtad prometida a Las siete Partidas, en favor de Autora y de su trastorno de personalidad múltiple, para siempre.

Indefinidamente insomne, fijaré los ojos en todas ustedes desde el átomo fundacional del multiverso porque la Imperfecta jamás dormirá. La Futura estará por hacerse. Eso sí, velará por La Loquita que —bendecida por Las Siete Putencias— cautivará a los seres más adelantados. Será una mutante *beyond omega level*. En un acto de apreciación musical, sentirá el arrobo de los sonidos y el tiempo; la melodía le arrebatará del cuerpo el espíritu. Ella ascenderá. Bajará la vista. Lo más celosamente guardado del cosmos se le develará, porque —visto desde la nada— el multiverso se mostrará como un mapa contenedor del código cromosomático secreto. Sí: en lo más distante del espacio, existirá la copia magnificada de lo enclaustrado en el microchip celular de la información humana. Seremos, como siempre, hijas de las estrellas. Por fin, así como se irrumpirá en el átomo, se extrapolarán idénticos medios para alcanzar lo más remoto del cosmos. Y los extraterrestres recibirán noticias acerca de La Loquita; la abducirán para dilucidar su mezcolanza de carne, espiritualidad y magia. Experimentarán con ella desde niña y, una vez autorrealizada, regresarán a la Tierra

Primaria, la contactarán telepáticamente —como hará La Diega con el sacerdote maya— y la convencerán de acompañarlos a lejanos planetas para, con sus facultades mentales, salvar a los moradores de mundos a punto de explotar. La Loquita entenderá, pues, el porqué de su capacidad para comunicarse con todos los seres del multiverso, así como de la inhabilidad de estos para dialogar entre sí. Una vasta compañía mixta de Locas deseará aliarme a sus fuerzas, mas la Futura no es prometedora. Me invitarán a eventos a los que no arribaré, porque La Futura siempre estará por venir. Mas no dejaré solas a quienes me buscarán, porque las que buscarán, encontrarán. Yo me iré y se quedará mi huerto con su verde árbol y su pozo blanco, pero ustedes clamarán y les responderé. En instantes de aflicción, las de compungido corazón me invocarán utilizando el siguiente multiverso:

Empuña la maldad con los cinco dedos de tu Mano Poderosa.
Inclina la balanza y favorece los tambaleantes pies de esta Loquita.
Cuelga de mi camino el aliento de tu voz esplendorosa
y permite que supere las mil trampas impuestas por Sofrita.
Entrégame al sepulcro sólo después de un concierto de Falete.
La gracia que me otorgas, ninguna mano humana me la quita.
Despéjame las sombras. Invítame a probar de tu banquete
y postra ante tu rostro la arrepentida faz de la Sofrita.
Como a La Kika, hazme exótica, ilusionada, iridiscente.
Como en La Ciática, despliega tu ilusión más exquisita.
Inspírame en La Diega y bullirá mi activismo entre la gente
pero ampárame, Futura, de la nefanda intención de la Sofrita.
Aparta de mí el cáliz suntuoso de Débora de Lourdes,
la cicatriz del alma que Titi Pacheca todavía regurgita,
las Áureas intenciones que en las profundidades de la mente también urdes
y levanta mis pies de los senderos que frecuenta la Sofrita.
Son tuyos los designios que encaminan el incierto trotar de Las Partidas.

*Tuyos son los sorpresivos vuelcos que las conducirán hasta la gloria
y, así como la palabra ungirá una a una sus heridas,
al final de esta oración, volverás reivindicada a nuestra historia.*

SEXTA PARTIDA

Titi Pacheca, en las alturas de Machu Picchu,
revive las bajuras de la educación puertorriqueña

De: Titi Pacheca [mailto:copilota@chimbumbam.tv]
Enviado: miércoles, 1 de septiembre de 2021 06:12 p.m.
Para: 'Raquel Evadán' [nadaveraquel@ai.com]
Cc: Kika Brona [kika.brona@corpuschristi.edu]; La Ciática [la.ciatica@shingatsingtao.com]; La Diega [taina.vegana@ambienta-lista.org]; Sauerkrautfrankfurterberger [d.l.sfberger@senado.gov]; Fimperfecta [futura.imperfecta@di-menciones.science]; Áurea Ladinos [ladinos.a@laprime.net]
Asunto: Re: Las siete Partidas

Estimadas Partidas:

Tengo una plétora de sentimientos mezclados. Henchida de emoción estoy por habérseme seleccionado para formar parte de este intercambio epistolar entre amigas de toda la vida. Primero, me invade la añoranza porque, tras décadas de separación, reencuentro a Áurea Ladinos, con quien estuve enyuntá desde que se me iluminaron las pupilas. Todavía pienso en ella como mi primera hija: la persona inicial de mis recuerdos. Muchísimo después, empezaron ustedes a colarse entre nosotras. No saben cuánto lamento que se enojara conmigo y desapareciera sin explicación, como si una supiera cuanto ocurre en la mente ajena. Segundo, se me catapulta la sorpresa al cavilar en torno a cómo me materialicé en tan icónico escenario peruano si en mí sólo había la intención de leer un mensaje de correo electrónico. Por si las moscas, como aquí no llega ni la señal de la cruz, grabaré el audio en mi teléfono; eventualmente, lo transcribiré, editaré y salpicaré con nutridas memorias para enviarles una misiva intelectual, emotiva, digna de la maestra que siempre fui hasta que el pueblo boricua me relegó a los pliegues fruncidos y hemorroidalmente brotados que se besan en el recto del olvido. (Si notan algún error, escríbanme en privado, por favor, para corregirlo. Mi dirección está arriba). Tercero, aunque andar rodeada de chiquitines públicamente me resulta familiar, mis ojos no se despegan de una niña aislada que, desde un rincón, de espaldas, como escondiéndose, depositando los ojos tierra adentro, escudriña lejanías. (Qué bonito me quedó esto).

La pregunta seminal que, entiendo, debemos hacernos todas es ¿por qué? Debido al aura misteriosa que bordea nuestra teletransportación a diversos lugares del mundo, a la imposibilidad de las leyes de la física y a lo inverosímil del suceso, yo no cuestionaría cómo llegué. Más allá de dialogar esto con ustedes, nunca se me ocurriría compartirlo con otros. Tengan presentes mis palabras porque, si se les zafa hablar de esto en público, lo voy a negar y, si desenfundan nuestra conversación por emails para comprobar que esto ocurrió, voy a decir que me *hackearon* la cuenta y que insertaron esta oración para curarse en salud. Ignoro si ustedes, pero yo quedé más que admirada, puesto que —tiempo ha— el Cuzco me había conquistado al ondear ante mí su bandera de arcoíris.

Esmerada en proporcionarme las coordenadas exactas de esta ciudad, una amiga sólo alcanzó a decirme un día: "Cuzco queda en ceja de selva". Así despachó la ubicación, lo más campante, como si yo, Partida boricua cuyo único referente selvático es El Yunque —y, para colmo, en silla de ruedas—, entendiera la localización. Me quedé elucubrando que "ceja de selva" podría implicar "bordeando la selva" o "selva tupida". (En cuanto tenga internet, cotejo y les envío la información).

En este período del año —entre agosto y septiembre—, mientras se pone triste Lima —gris, lloviznosa—, no llueve mucho en Cuzco y hasta hace sol. Dos lugares de aquí me roban el aliento: Machu Picchu y Huayna Picchu. Del primero, me fascina el Intihuatana o Reloj Solar —estructura aparentemente simple, aunque estilizada, construida en lo que denominan "roca madre"— que, según algunos, no es un reloj, pero tampoco especifican qué. En el año 2000, durante la filmación de un comercial, Coca-Cola dañó el reloj, pero se disculpó, como era de esperarse. Pedir perdón es gratis. De Huayna Picchu, me mata el Templo de la Luna: lugar último adonde llega la sombra. He ahí el sol rehusándose a irse. Como sucede con las archifamosas pirámides egipcias, nadie sabe de dónde los incas traían las piedras, cómo las cargaron ni cómo desarrollaron sus construcciones antisísmicas. Mucho menos se conoce el tipo de labor que los llevó a colocarlas con tanta exactitud que ni una aguja cabe entre ellas. Aquí, en honor al Sol y honrando la Luna, he aparecido rodeada de niños en uno de los sitios que visitaba en la imaginación cuando enseñaba Estudios Sociales a mis alumnos de elemental.

Ustedes ignoran los inmensos sacrificios que realicé para ser maestra —incluida la matrícula en la escuela graduada— con la intención de devolverle al país la calidad académica que me proporcionó. Pero no todo fue color alcapurria de Piñones, compañeras. También hubo experiencias verde brócoli. (Para los hombres y la comida, en el color está el sabor). Por ejemplo, Pilar Morales, condiscípula que —de la noche a la mañana— se declaró mi archienemiga mientras estudiábamos en Una Gran Universidad, cursó el doctorado en Estados Unidos, en donde —enseñando español elemental— casi le triplicaron el sueldo que yo me ganaba en la ínsula extraña. En uno de sus viajes a la Isla del Encanto, no desaprovechó un encuentro casual para restregarme en la cara la esponja de alambre de su buena fortuna, pero yo, mis amores...

—¿Cómo es? ¡¿Que tú hiciste un doctorado para pasar treinta años repitiendo "trompeta", "salami", "una película de misterio" y "pretérito versus imperfecto"?! Yo te voy a decir una cosa, querida. Sin importar cuánto te paguen, en cualquier liga, perdiste el tiempo.

—Ya quisieras cobrar tú la mitad de lo que yo me gano.

—Ganarás cien veces más que yo, pero pasaste seis años de tu vida desarrollando un cerebro que terminará como una pasa viva por respiración artificial. Es más, tus estudiantes seguirán evolucionando mientras tú permaneces en el mismo sitio, con la misma cantaleta. Cogida de pendeja más grande que esa no te la van a dar jamás.

"Qué respuesta fascinante", me dije, pero —en el fondo— reconocía que Puerto Rico me exigía lo mejor como maestra, escudándose tras el argumento patriótico, y me recompensaba con miseria. Debí percatarme de que me haría lo mismo sin importar dónde trabajara.

Además del salario, la gran victoria de mi colega sobre mí aconteció hace mucho: durante la culminación de la práctica docente. Una mañana, la avalancha de niños se nos acercó para que los cogiéramos al hombro. Yo, como quien no quiere la cosa, empecé a levantarlos y a arrojarlos contra un sofá con tal de retribuir su inagotable sed de joder, con el ejercicio de mi derecho a no ser jodida. Entonces, Pilar se escabulló, se alió a varias madres, me espiaron por una ventana y...

—¡¿Qué hace usted maltratando a esos angelitos, misis Pacheca?! —gritó alguien.

—Si son angelitos, ¿para qué les cortan las alas?

Me quedó bonita la respuesta, pero me llevaron a la oficina, contactaron a mi supervisora, y aprobé la práctica con B de 80 porque con C me colgaba.

Pero no se llamen a engaño creyendo que Pilar Morales era una profesional cualquiera, no. Aun desde su establecimiento en Nueva York, participaba enérgicamente de iniciativas, casi siempre sociopolíticas, a nivel isleño. Cuando la Hon. Débora de Lourdes Sauerkrautfrankfurterberger leyó la semblanza en su honor previo a extenderle una moción de felicitación desde la palestra senatorial, detalló el rol de Pilar Morales como maestra mentora del primer capítulo escolar de Los Anticuerpos, organización promotora de los valores tradicionales y de las buenas costumbres a nivel estatal, patrocinada por figuras cimeras, como la propia Presidenta del Senado, la pseudocantante y apóstola Guanda Rodón y el cardenal de la capital, Vico C. González Nieves. Los Anticuerpos defienden el matrimonio exclusivo entre hombre y mujer, las terapias de conversión contra la pandemia LGBT, el derecho de las mujeres a lamer los zapatos de sus maridos, la caricia de nudillos masculinos a los rostros femeninos, los crímenes de odio a mansalva contra las personas trans y las oportunidades equitativas de trabajo para los negros en compañías de mantenimiento, como mecánicos, tendiendo camas en hoteles o en las cocinas. Los Anticuerpos defienden dichas bases hasta que les descubren hijas fuera del matrimonio, hasta que publican —en prensa y en televisión— sus fotos con el fondillo al aire, hasta que les clavan en las puertas de la iglesia las 95 listas de sacerdotes pederastas o hasta que los filman invirtiendo —en mansiones, aviones y yates— el diezmo que enriquece a feligreses en el cielo y los empobrece en la tierra.

Tampoco es que los alumnos que yo recibiera procedieran de educadores que trabajaran bien. Por supuesto, lo denuncié en una reunión:

—Cada equipo de maestros es un barril con cinco manzanas y un gusano. Asegúrense de ser manzana.

Lo enfaticé porque mi mejor clase fue también la peor:

—Una palabra compuesta es la unión de dos palabras que, separadas, significan una cosa y, juntas, quieren decir otra. ¿Entienden?

—Sí, misis Pacheca —soltaron al unísono.

—Si entienden, díganme dos palabras aparte que hagan una compuesta y úsenla en una oración.

—"Ano", "malo", misi. "Tienes el anómalo" —se apresuró una.

—No, Yayi. Esa no es una palabra compuesta.

—¿Cómo que no, maestra? —contestó otra, añadiendo—: ¿Y "paja", "rota", misi? "¡Qué pajarota!"

—Melba, ¡no! Esa tampoco. Esa es una palabra en sí misma. A ver... de nuevo.

—"Sal", "chicha", tícher... "Sal..." "¡Sal..." —Se compunge—. ¡Usted me va a regañar, maestra!

Le espeté una mirada congelante, pero...

— y... "chicha!"

Los di por incorregibles porque los gusanos ya habían desequilibrado el barril de las manzanas.

Hablando de frutas y vegetales, inserto el siguiente pasaje ambientalista. Ojalá a La Diega le parezca de utilidad. Locas, por si no lo sabían, en una ocasión, el excremento de pájaro salvó de la quiebra a Perú porque las Islas Ballestas —desoladas de vida humana— están repletas de animales raros —al menos para nosotras— entre los que se cuentan pingüinos y lobos de mar. Pues resulta que, a falta de gente que limpie, las aves han descargado sus esfínteres a tal grado que hasta cambiaron a blanco el color rojizo de las islas. A partir de entonces, emergió la industria del abono, la cual ha resultado tan preciada que el gobierno ha destacado oficiales de seguridad para rondar el archipiélago y garantizar que nadie se robe una plasta fecal de allí. Cuenta la leyenda que hasta Chile ambicionaba con cagarse las manos. Otro dato que oscila en este espectro ambiental —más afín con los pandémicos tiempos de La Ciática— radica en que, en el Valle Sagrado del Cuzco se formó una comuna vegana que, a la sazón, se pronunció antivacunas. Allende vivir haciendo yoga y en contacto con la naturaleza, han constituido un enclave anticiencia renuente a ideas alternas vinculadas a la salud pública. A mí, si me teletransportan adonde esa gente toma ayahuasca, masca hoja de coca, fuma marihuana e ingiere hongos alucinógenos, me atasco en el gaznate la pipa de la paz, esperanzada en convencerlos para que se inmunicen. Después de todo, mi vocación es educar y comprendo muy bien la naturaleza humana.

Tras dos décadas y un lustro dedicados al magisterio, desarrollé la teoría de que los niños son mascotas humanas. Hay que satisfacer sus necesidades; suplir sus carencias; entrenarlos para que coman, beban y defequen según el horario determinado; enseñarlos a seguir instrucciones, y hasta ajustarles el reloj biológico con tal de que duerman de acuerdo con nuestro patrón de sueño. En el ínterin, nos interrumpen la comida, la labor y el descanso. Por eso, padres y madres no ven la hora de internarlos en los centros de entrenamiento social —escuelas— y calendarizan citas con los psiquiatras cuando se acercan las vacaciones. Ninguno lo dice, pero se encierran en el baño a agarrarse la cabeza para recriminarse por qué no compraron condones, por qué no se vinieron fuera, por qué no abortaron o los dieron en adopción. Quienes jamás lo han hecho vagan como zombies, vaciados de la alegría de vivir. A quienes no encajan en los grupos anteriores y aun así exhiben rostros felices les sobra el dinero para pagarles a otras ingratas por pasar, con sus hijos, los problemas que ellos evaden, o los sostiene el consuelo espiritual como garantía de que, con sacrificios terrenales, obtendrán una habitación en la morada del Altísimo. Lo aseguro, como que me llamo Chícola Chuzema Chagua Pacheca de Remi Záiter y Nobel.

Heme aquí: la tres veces electa Maestra del Año por el Departamento de Instrucción Pública, galardón que puso sobre mí los ojos del nunca bien ponderado productor, Poquito Caldero. Fui yo la legendaria figura televisiva que dejó su vitalidad rodeada de cientos de niños montados en un barco de escenografía que se mecía pendularmente... la única que se encampanó un sombrero para pedirle a la cámara —por favor— que atosigara con caricaturas la mente de los pequeños. Yo fui la animadora ataviada de muñeca de trapo a quien los programas infantiles sumieron en el alcohol. Esta que está aquí ha sido el ícono del entretenimiento que se quedó ronca yendo por los teatros citadinos y rurales a cantarle a la grey infantil las tablas de multiplicar. Sí, la mismita a la cual el gobierno y la industria mediática recuerdan en transmisiones conmemorativas, le agradecen con premios a la trayectoria, pero la dejan en muletas, en silla de ruedas, sin socorrerla, porque mi país abandona a sus artistas.

Por eso, trasladarme a Machu Picchu se me antoja como un acto de justicia poética. Salgo de mi isla hacia un destino antes imposible, libero la vista en otro panorama, interacciono con una niñez que empequeñece la mía. Estos niños se ven pobres y felices; ahí, la felicidad rebelándose contra la desavenencia, pero no deja de manifestárseme enfrente la injusticia porque temo que de los conformes sea el reino de los cielos. (Por cierto, Kika, en el Cuzco hay un montón de iglesias católicas. Lo digo porque, en estos lares, debe haber curas reubicados. Para más detalles, envía mensaje privado. Mi dirección está arriba. La conquista era, además, una empresa religiosa, claro, pero añado este dato por si hay trivia los miércoles por la noche). ¿Tendrán estos chicos, algún día, la consciencia de un mundo que no es consciente de ellos? Porque esa ha sido mi mortal herida: educarme para el porvenir y que dicho porvenir consista en lidiar con la impotencia. En su infancia, veo la de mi país: vestida distinta, hablando diferente, con un vocabulario cincelado por la geografía, pero con igual frescura de inocencia. "Dame la mano desde la profunda zona de tu dolor diseminado", quisiera decirles, ¿pero qué ofrecen mis tullidas manos de artista fracasada? Una muchacha se aproxima. Sabe que soy extranjera y me regala su mejor dicción: "Mostradme vuestra sangre y vuestro surco, decidme: aquí fui castigado, porque la joya no brilló". Mas no tengo qué mostrarle o palabras que decirle, sino que de nada ha servido cultivarme, pues mi suelo no entregó a tiempo la tierra o el grano. Y después me preguntan por qué el alcohol cuando, incluso por dentro, estoy lastimada.

Para ser honesta, ahora que el álbum de mi vida pasa sus páginas ante mí, descubro que el desencanto que siento hacia la educación puertorriqueña se remonta a la adolescencia.

Durante los años de escuela intermedia, se separaba un período para actividades. Nos reunían para escuchar conferencias o ver documentales. Uno de ellos versaba sobre la naturaleza satánica del rock. Aseguraban que AC/DC significaba *After Christ, Devil Comes*, que Tina Turner metía la cabeza en un baño de sangre fresca antes de salir al escenario —a lo cual se debía el aspecto de su pelo— y que, si tocábamos el rock al revés, escucharíamos la distorsionada e hipnótica voz de Satanás. Cada vez que venía la demostración, la peste a caca invadía el salón y nadie observaba con el rabito del ojo... Pero ¿qué hacía la Loca? Yo me sentía La Ciática con los diez hermanos de Shaolin. Me babeaba contemplando a los machos sin camisa, brincando, sudando, furorosos en un escenario, y erupcionaba mi adrenalina. Yo cataba las matas de pelo, el maquillaje de los hombres, el vigor derritiéndoseles por las tetillas y una que otra hilera de pelitos descendiendo por la cintura de un mahón como promesa de que para hacer bien el amor hay que venir al sur. Menos mal que nos sentaban en el piso porque la lengua de Gene Simmons me provocaba hiperactividad intestinal. Cuando, en una de tales sesiones, la orientadora observó en mí la expresión extática de Santa Teresa, me llamó a capítulo:

—Eso que tú tienes es pecado, y Dios te va a castigar.

—¿Qué yo tengo? —Palabras traicionadas por el tono.

—Que eres así... —afirmó moviendo la mano derecha hacia un lado y haciéndola vibrar como ala rota.

Desde entonces, imaginé lo que "así" significaba e inferí que nombraba algo impronunciable.

Luego del siguiente verano, pisé la escuela superior con la esperanza de revitalizar mi amor por los estudios. Por gracia, no ocurrieron sucesos extraordinarios. Describiría esta época como la Edad del AltiBajo. Inaugurándose en los dieciséis años, Alti y Bajo pelearon al puño en un pasillo tras descubrir que ambos eran amantes de la maestra de Química. Sin embargo, civilizados al fin, resolvieron diferencias y formaron relaciones estables. Al otro semestre, Alti ya había oficializado con misis Torres, la de Trigonometría, y Bajo, hecho lo propio con Neris, la de Inglés. Cuando la profe de Química dio a luz, Alti y Bajo juntaban dinero para comprarle regalos al recién nacido en lo que descubrían quién era el papá.

Sólo un evento avergonzó a la facultad. Un agosto, como a las seis y media de la mañana, camino al plantel, unas amigas y yo vimos a míster Vázquez —nuestro profesor de salón hogar— asesinado a puñaladas a lo largo de la escalera ensangrentada de su casa. Quisimos gritar... Quisimos. De una residencia aledaña llamaron al cuartel, vino la policía, marcó perímetro y, de lejos y en silencio, lo despedimos. Luego de tocar el timbre de entrada, el principal y la maestra de Salud reunieron a nuestro grupo para contarnos que el señor Vázquez era homosexual, que recibía hombres en su casa, que los tipos así fallecen a manos de sus amantes y que oráramos por su arrepentimiento y el descanso de su alma. Pocas cosas en la vida me han dado tanto escalofrío como tales palabras.

En honor a él, me dediqué a la lectura y fantaseé con convertirme en la mejor maestra, pero, para lograrlo, precisaba ingresar a Una Gran Universidad, aceptación que —increíblemente— sucedió. La noche del día en que me llegó el sobre manila con la carta de admisión y los documentos complementarios, me embargó el entusiasmo. Por fin, todo sería diferente.

1

En 1993, rondando las cinco de la tarde, terminé, a mano y en papel de argolla, un trabajo sobre *Don Juan Tenorio* que le entregaría a La Lingüista en el curso de Introducción a los Géneros Literarios.

Entré al salón, ubicado en el tercer piso. Esperé el momento justo e, inundado de felicidad, deposité mi ópera prima sobre el escritorio de la profesora. Hasta por las esquinas del papel chorreaba el orgullo de la ilusa joven campesina empecinada en demostrar que merecía espacio en el santuario de las letras boricuas.

A la semana, la doctora devolvió la asignación, calificándola como "F / Plagio". Entonces, consulté con la máxima autoridad entre nuestro vasallaje (la compañera de al lado) el significado de aquella palabra insuflada con carga demoníaca.

Saqué mi libreta. La abrí y comencé a arrancar las páginas en que había redactado el borrador. Volteé, anduve hacia la innombrable, le arrojé los papeles:

—Aquí está mi prueba de que mi trabajo lo hice yo. Para la próxima clase, espero la suya de lo contrario.

Pasaron semanas hasta que se disculpó:

—Es que una muchacha de tu edad no escribe así.

—Si usted, cuando tenía mi edad, era una incompetente, ese no es mi problema.

La Lingüista... La llevo en las cabezas.

2

A inicios de otro semestre, La Literata se nos presentó como experta en Borges mientras se acomodaba a intervalos —sobre las orejas— la cabellera lacia, negra, corta, espesa, y ascendía —hechizada por las autocaricias a sus cuajos— al nirvana de su conocimiento, el cual debió estar en peligro de extinción por ser, la egregia, única en su especie.

—Coordino la revista del Programa de Estudios de Honor —anunció—, para la cual necesitaré colaboraciones extraordinarias.

En eso, a la Loquita de San Lorenzo (alias Yo), aspirante a la inmortalidad en los anales de la historia (¿dónde más?), se le dilataron las pupilas. Las ventanas de la oportunidad estaban limpias y sin seguro. De una vez y por todas, la patria sabría mi sitial inequívoco en la Colección Puertorriqueña.

—¿Quiénes de ustedes escriben? —convocó la doctora.

Mitad de la clase, revuelta, levantó la mano. Ella soltó una sonrisa mediocoqueta-mediotrémula, aunque absolutamente decidida. Modificó la pregunta:

—¿Quiénes de ustedes son de Humanidades?

Siete u ocho de nosotras nos miramos, bajamos la cabeza y, con ella, los brazos. En la jerarquía académica, los casi menos respetados son los estudiantes de Educación... si no fuera porque el desprecio hacia los deportistas nos salvaba del fondo del caldero. La profesora culminó:

—A ustedes sí los voy a leer. —Y descartó al resto.

Hoy, aunque sé la respuesta, quisiera preguntarle a la ilustre cuál de sus leídas aquella vez terminó siendo escritora, cómo se siente haber empleado su peritaje crítico para equivocarse, o si sospecha siquiera cómo los prejuicios se esgorruñan en el corazón de las víctimas.

La Literata... Si la ven chocando por los muros de los laberintos borgianos, salúdenla de mi parte.

3

Un verano boricua, La Inclusiva nos esperaba en el cuarto piso de la facultad para ilustrarnos en torno a cómo tratar a los estudiantes excepcionales una vez nos tituláramos como educadores, preferiblemente de escuela pública, porque las instituciones privadas no pagan.

Luego de abanicarse con sus dos doctorados —jamás evidenciados—, La Doble Docta nos alertó que los chistes, bromas o burlas en clase desatarían su afamado mal humor.

En la introducción al curso, aclaró tres puntos fundamentales: 1) un hombre jamás debe enseñar en escuela primaria porque los maestros de escuela elemental son gays que abusan de los niños; 2) a los expresidiarios deben prohibirles la formación como educadores, pues procuran instalarse en los planteles para violar a las niñas; 3) el tipo que quiera pasarse de gracioso en clase podía sacar cita, ya que ella les había dado una pela a tres o cuatro alumnos a puño limpio durante sus horas de oficina...

—Y mírenme aquí... ¿alguien me hizo algo? ...Aquí estoy, todavía.

Un compañero recién llegado me tocó por la espalda:

—Puñeta, chica. Yo salí de la cárcel el año pasado y estoy tratando de echar palante a mi familia.

La profesora aprovechó nuestra plática para plantar bandera:

—Cuidado allá atrás, que yo soy de Capetillo. Yo me crie entre drogadictos, asesinos, homosexuales y prostitutas.

¿Y qué hizo la Loca? ¡Preguntar!

—Profesora, disculpe. ¿Podría decirnos a cuál de los cuatro grupos usted pertenecía?

Entre asombros y risotadas, me gritó. En la facultad fundacional de Una Gran Universidad, preguntó si por allá por mi campo me habían enseñado que el niño habla cuando la gallina mea; me amonestó para que me callara y metiera la lengua en el estuche, como La Ciática mandó a decirle a Sofrita.

Eso exactamente hice. Registré todos los vicios clasistas, misántropos, racistas, homófobos... vomitados por ella y, como trabajo final, le entregué un ensayo —cuya copia aún atesoro—, en el cual citaba sus prejuicios al dedillo, los contextualizaba, los analizaba e incluía investigaciones sobre praxis educativa que reflejaban lo mala maestra que era.

La Inclusiva, fenecida autoridad. No pude asistir a su funeral, pero —como ven— está en mis oraciones.

*

De postre, retomo un comentario mencionado al inicio: "para los hombres y la comida, en el color está el sabor". No voy a fomentar el mito de que la parálisis erradica el deseo. Para mí, decir *Perú* es traer a la imaginación a Nikko Ponce en toalla con una estrella azul tatuada en la cadera y la rajita trasera, discreta, lo más aquella, por donde le escurriría un chorrito de pisco sour. *Perú* son las salpicadas pecas de Christian Meier y su torso descamisado; contemplarlo echando los brazos hacia atrás para agarrarse de una verja; sumirme en su mirada fiera de hambre y sed —que no sean de justicia—, y aprender telekinesis para desabotonar el mahón a media cadera que le comprime los glúteos. Si yo tuviera movilidad —porque ganas me sobran—, le dejaría el lomo saltado. *Perú* es saborear leche de tigre mientras deleito la vista en los abdominales y el montículo de Salvador del Solar en *Pantaleón y las visitadoras*. Cuando me presenté en el cine a disfrutar el filme y hacer gala de cultura, me expulsaron con finura porque la silla de ruedas empezó a chillar descontroladamente. (Si alguna de ustedes conoce a Salvador, dele mi email —está arriba— y dígale que me escriba, por favor).

Antes de terminar, muchachas, quiero —como Madre de Las Partidas— revivir varias de mis experiencias con ustedes. A más de dos años de haberse anunciado el covid-19 —pandemia vaticinada por La Ciática—, ¿quién quita que no nos veamos de nuevo o que no sepamos más de las otras? No quiero ser pesimista, pero las cifras de contagio ahora mismo en Perú son alarmantes y, aunque una Loca en silla de ruedas baja de Machu Picchu más rápido que las demás, mayores son los riesgos. Además, la nota que sigue devela mi agenda escondida, tanto en escuela como en televisión.

Siempre tuve el ojo afilado para detectar a los niños que nacían con sangre multicolor. Los buscaba, los acogía, los quería, los motivaba igual que al resto. Sin embargo, tenía que observarlos más, protegerlos más, y, siendo ustedes las primeras Locas de las que cuidé, aquí les dejo la superficial, pero significativa, recapitulación de nuestra vida juntas.

Raquel: A ti no te conozco, pero, vamos, digamos que somos amigas. Me encantó eso de que en cada Raquel hay un "aquel", así como —claro— la androginia de tu apellido. Ahora que lo pienso mejor, una jamás se conoce del todo. ¿Cómo se me ocurre escribirle a una inteligencia artificial como si fuera una persona? Pero ¿sabes qué? Aunque no nos une relación alguna, gracias por reunir a Las siete Partidas. Tu mensaje nos ha conciliado, no sólo entre nosotras, sino a cada cual consigo misma. Siento sanación, alivio tras el cual la silla de ruedas no pesa tanto. Ojalá, cuando esto acabe o sobrevivamos la pandemia —lo que ocurra después—, nos veamos. ¡Ja! Me dirijo a ti como a un familiar. Escríbeme tu disponibilidad en privado. Como sabes, mi dirección está arriba.

Kika: Mi gran amiga, venerada, ácrata, impoluta Partida de la vida libre... entre todas, símbolo del equilibrio. A veces creo que la antimetropía nivela tus dualidades. Aun así, siéndome tan admirada, evoco tu época pendeja (si me permites), cuando te tambaleabas afligida porque La Diega te pretendía. "Es nudista, Titi Pacheca, me llevó a un río para pasar un rato íntimo, pero una pareja heterosexual —aunque alejada— empezó a tener relaciones". "¿Y? ¿Cuál es el problema? —intervine— No seas estúpida, nena". "Sí, pero otro hombre se les unió y allí, frente a nosotras...", confesaste. "¡Loca! Tú tienes mi número de teléfono. Me llamas la próxima vez", riposté, pero, Kika, mucho tardaste en desatarte la camisa de fuerza de la moral. Así de mal te dejó el Vaticano al jamás contestar tu carta. Pero mírate ahora, parisina, poliamorosa, enfermándote adrede para que te receten cannabis medicinal y quedarte dando vueltas descalza por la sala, ensuciándote los pies, en lo que se te pasa la nota. Eso sí es una belleza.

Ciática: Debes haber retornado a la casa, y en buena salud. Ojalá la pandemia no te haya afectado. Escríbeme en privado, por favor, para saber de ti. Yo entiendo tu decepción con los hombres. No hice más que leerte y vino a mi mente el atardecer cuando llamaste indignada porque la Dra. Marcelina, instructora de idiomas, te amenazó de muerte por ser amiga de un alumno de quien ella estaba enamorada. Enérgica, afirmaste que discutirías el asunto con la División Legal de Una Gran Universidad, pero te lo dije: "Yo estudié ahí, Loca", y no hay peor cuña que la del mismo palo. La institución te escuchará e iniciará un ciclo interminable de entrevistas para ver quién se cansa primero. Para evitar verse en los periódicos, te harán dudar de ti, te dirán que la amonestaron —burocracia pura—. Tú terminarás graduada y, una vez fuera, ella seguirá enseñando. Mira el róster de la facultad, Ciática. Todavía está allí. Menos mal que escribes mejor que ella. Para muestra, la edición bilingüe de tu escatológico clásico *Two Fo Young: BabyHoney ataca mi olfato bajo las sábanas.*

Diega: La más joven de nosotras y la más atrevida. Imagino que volviste bien porque tu mensaje aparece en la conversación... ¿o lo transcribió Raquel? No importa el medio, me alivia. Naciste para revolucionar la comodidad, la estabilidad, para revisitar y revisar nuestras certezas. Te respeto como a nadie por exhibirte desnuda y sin vergüenza, por reciclar, por explorar opciones justas, por apostar a lo bueno. Te custodio como se hace con lo que no merece daño. Yo envidio tu valor, amiga mía. Ya quisiera experienciar este tiempo como tú: contradictoria, una con el deseo y la naturaleza mientras laboro en monopolios empresariales e intento, desde dentro, proveer oportunidades a los desventajados. Sin embargo, cuestiono si es posible. Si una puede mantenerse así con los años sin romperse o corromperse. Si se puede advertir el instante exacto en que la mente se dobla a favor del poder y la mano confabula. ¿Hasta qué punto, Diega, los ojos adormecen con la comodidad? Guarda esta pregunta en la puerta de la nevera o pégala al cristal de tu carro, te lo ruego, para que no te me pierdas.

Débora de Lourdes: El conteo regresivo es real. En mi caso, no había temporalizador dentro del mensaje, pero el reloj del celular dio signos de interferencia. Al estabilizarse, en vez de dar la hora, inició el retroceso. También me fijaron el plazo de veinticuatro horas. En otras informaciones, siempre supe que seguirías mis pasos artísticos. Cuando, desde la ventana de la cocina, te observé frente al televisor —con una botella de agua como micrófono— entonando "Amor eterno" al ritmo de "El gistro amarillo", me dije: "Es sencillo". Supe que, en el futuro, brillarías encima del cajón de madera sobre el cual bailan las dragas en Zal Zi Puedes, máxime si te daba con interpretar "Tiburón, qué buscas en la orilla" usando la pista de "Como una ola". Ha sido dicho ilimitado talento el que no me sorprende —te ha impulsado hasta el trono acojinado de la Presidencia del Senado. Lamentablemente, hija y amiga mía, tu rol fundacional para con Los Anticuerpos es motivo de honda vergüenza para mí, pues eres capaz de acabar contigo y con el resto de tu especie. Si quieres saber cómo es alguien de verdad, échale tres gotitas de poder en el agua.

Futura: Al leer tu nombre como destinataria del mensaje, me senté largo rato a pensar si te conocía y de dónde. De repente, se quebró el candado enmohecido de la represa mental e irrumpió el golpe de agua, como si rompiera fuente. Te recuerdo acabadita de nacer, ¿prematura?, casi natimuerta, al punto que cabías en las manos y sobraban dedos. Al fondo, el suelo arropado de pétalos de sangre. Háblame de ti. Cuéntame de tu vida. Te creí en otro mundo, aunque sí: hoy reportas el acontecer desde una dimensión allende la nuestra, adonde te ha exiliado el fracaso humano. Perdóname, mi amor, por todo el tiempo que te amé e hice daño. Entonces, mis manos temblaban de reciennacida juventud. Desconocía, incluso, qué hacer conmigo. Una cosa te aclaro, Futura. Tú naciste con fe. Cambia tu segundo nombre. No eres Imperfecta.

Áurea: La mayor de mis hijas; con quien estuve enyuntá desde que se me iluminaron las pupilas. Guardo como una joya la breve e intensa felicidad que compartimos: cuando —durante nuestra flamígera juventud— regresábamos por la madrugada con las rodillas pelás, gracias a los cuartos oscuros de las barras sanjuaneras o a tres guardias de seguridad y el conductor del *trolley* de Una Gran Universidad. Aún me duelen la noche en que nos persiguieron a botellazos desde La Minga de Negro hasta la residencia universitaria y el golpe aparatoso propinado por aquella muchachería con buen tino, el cual provocó nuestra caída en el área de construcción y nos dejó inválidas. Mi otra gran pena radica en un recuerdo borroso que guardo sobre el nacimiento de Futura —a veces la pienso como hija tuya— y que me despierta un torbellino de impotencia, frustración, ira y arrepentimiento. Si en algo te he fallado, por favor, discúlpame.

Bueno, compañeras, millón de gracias. Ha sido un gusto, una exquisitez leerlas y aportar mi granito de choclo. Algo está cambiando en el ambiente. Por eso, me voy. La niña enajenada a la distancia se ha volteado a verme, ha dado un paso y, tal vez, venga a mí. Quiero recibirla, honestamente, con los brazos abiertos.

Afectuosamente,

Titi Pacheca

SÉPTIMA PARTIDA

*Áurea Ladinos cuenta las frialdades de la vida
a poncho puesto desde La Patagonia*

De: Áurea Ladinos [mailto:ladinos.a@laprime.net]
Enviado: martes, 28 de diciembre de 2021 07:00 p.m.
Para: 'Raquel Evadán' [nadaveraquel@ai.com]
Cc: Kika Brona [kika.brona@corpuschristi.edu]; La Ciática [la.ciatica@shingatsingtao.com]; La Diega [taina.vegana@ambienta-lista.org]; Sauerkrautfrankfurterberger [d.l.sfberger@senado.gov]; Fimperfecta [futura.imperfecta@di-menciones.science]; Titi Pacheca [copilota@chimbumbam.tv]
Asunto: Re: Las siete Partidas

Lo peor que le puede pasar a un ser humano es otro ser humano: conclusión que confirmo leyéndolas desde Tierra del Fuego, adonde me exilié después del increíble altercado que protagonicé con Titi Pacheca y que detonó en mí el temor de que me sucediera igual con alguna de ustedes... pero eso es harina de otro frangollo.

Me enamoré de Ushuaia por el anonimato. Mis amigas viajaban a Grecia, Roma, Egipto o, en la más piadosa estampa, Jerusalén. Las que menos, cruzaban a la República Dominicana en julio para tomarse fotos en piscinas, playas, centros de masaje o para capturar fotogénicos mangús con salami, queso frito y huevos *sunny-side up*. En el ínterin, la avalancha de imágenes, las poses artificiales y los rostros victimizados con filtro para estamparles felicidad cibernética me desconcertaban. En cuanto anuncié que venía, Pata-Pata, mi entonces compinche, no ingresó a la excursión porque quedaba "en el culo del mundo", argumento que —dadas sus infinitas posibilidades— me convenció de venir.

Ushuaia se revela como un pueblo costero que ocupa un amplísimo valle resguardado a sus espaldas por montañas, que más que menos, nevadas. En estío, todo es color, mientras que la blancura invernal confunde, en ocasiones, la tierra con el agua. Luces hogareñas, callejeras y navales avivan las noches sin que el efervescente ritmo de la comunidad quiebre la armonía. En instantes, el cielo grisáceo enrojece, se asoma al mar y, junto a los focos eléctricos, dibuja una atmósfera llameante. Hace frío. Por ejemplo, este mes —diciembre: entre primavera y verano—, la temperatura mínima ha estado en los 30°F y la máxima alcanzó casi 72°F, lo cual, en Puerto Rico, describiríamos como "fresquito-frío". Hay momentos, como ahora, en que una fina capa de escarcha se superpone sobre las calles, los objetos y, mirando bien, destella sobre la arena bajo la luz lunar. La gente me llama "La Cebolla" porque la única que anda por el muelle el año entero embollá en dos capas de ropa, más abrigo y poncho, soy yo.

En cuanto a los hombres, esos sí son los incineradores de Tierra del Fuego. La tarde en que arribé, un pescador tendió su mano, tomó la mía, me ayudó a bajar del bus y mordí el anzuelo. "Estos rompen el hielo, duro, como me gusta", me dije en dos ocasiones: cuando Cupido me traspasó por el día y cuando, por la noche, me guindé como arenca del arpón ushuaiense. Yo, que había caído en un oscurantismo más grande que el que vivió Pandora cantando *covers* en lo que Fernanda volvía, reverdecí de inmediato, rescaté mi frescura. En mi mente retumbó una voz:

—Loca, en este escenario, si no superas tu odio al mar, al menos, morirás feliz.

Me refugié en Ushuaia en una época inmemorial porque ¿saben quién era la única persona que, antes de mudarme aquí, velaba por mí? Yo. Cuando Pituca y Petaca unieron fuerzas con Pata-Pata para molerme a bastonazos en medio del invierno neoyorquino, nadie apareció. Cuando La Estrella me invitó a cenar para recitarme dos millones de razones por las que es mejor que yo, la audiencia pegó las orejas a la vitrina, sacó el *popcorn* y cayó en éxtasis con la humillación. Cuando La Críquita reprobó, por excesivo, mi vocabulario, quien no se comía las uñas, se lamía los dedos... Pero a esta Loca campesina, capaz de identificar 300 tonalidades de verde en un monte samaritano, sutilezas tan burdas no se le escapan. Le salí de atrás palante:

—En una boca de Miramar, te suena hermoso, florido, pero en la mía, es verborrea, entiéndase, "diarrea verbal".

—Es mi humilde opinión.

—Pues siga opinando, compañera. Con sus opiniones, yo me fabrico toallas sanitarias.

Como era de esperarse, el ego de La Estrella es un resplandor que le precede y que, aún después de extinta, sigue de rolo por el espacio sideral. Yo no le iba a contestar sin atragantarme primero el manjar que ella pagaría. La vi tan extasiada barriendo el piso conmigo que me sentí escoba reencarnada. Reiteraba mi único futuro posible: el fondo, pero sólo quien rasca el fondo tiene el 100% de oportunidades de ascender.

—Estrella, me quedo abajo porque... ¿quién te va a recoger cuando te estrelles?

—No resientas la competencia —aconsejó.

—No te preocupes. Cuando seas competencia, yo te aviso.

A Pituca, Petaca y Pata-Pata les deseé vida, larga vida, la suficiente para que sus hijos se les mueran en los brazos. Compré una hilera de drones y los coloqué en fila. Así hallarán qué llenar con las lágrimas. Desde el más allá, sentada en la puya media del tridente satánico, limándome las garras, las voy a ver. Todo ocurrirá después de la eutanasia, claro está.

Situaciones similares me han cansado de vivir. De ahí, nosotras. No nos nombramos "Las Partidas" sólo por ser Locas ni por haber salido de nuestra tierra hacia sitios remotos del globo terráqueo, del tiempo o de nuestra posición social, como le ocurrió a Débora de Lourdes. Nuestro apelativo responde a que formamos parte de algo, o de alguien, roto. En su caso, todas ustedes constituyen fragmentos de mí. Mis tormentos había que repartirlos.

Nueve años tenía cuando mi familia planificó una gira a la playa. Se contactó al chofer de una guagua con capacidad para quince personas; se le cobró cinco dólares a cada una para sufragar el costo de la transportación. Despertamos tempranísimo, preparamos los manjares de rigor y salimos a tiempo. Mi madre se esmeró para que titi Santi, su hermana, experienciara el mejor de los días antes de regresar a Estados Unidos. Ya en El Escambrón, unos jugueteaban con las olas. Los demás, al amparo de las palmas, acomodaban sillas, mesas, alimentos y bolsas de basura. Cuando mis hermanas me invitaron a saltar al son de la marea, salí como un bólido, a la vez que titi Santi gritó: "¡Patos al agua!". Mis pies se hundieron en la arena. Quedé en la zona cero, oyendo el zumbido de la brisa marina, el alborotoso oleaje y carcajadas interminables. Entonces, viré y entré al autobús, adonde me llevaban comida y de donde no salí hasta que volvimos. Una vez en casa, le dije a titi Santi: "Se puede morir y no le vuelvo a hablar". Casi treinta años más tarde, en sus últimos minutos, se mató llamándome... dicen.

A los dieciséis, a los miembros de la banda escolar nos encomendaron vender chocolates. El dinero se destinaría a la compra de uniformes porque nos presentaríamos en una actividad oficial. Le dije a papi que no era buena vendiendo, que me acompañara, pero se rehusó. Calculé cuánto tiempo tardaría en pagarlos si me comía las veinte barras, pero el dinero que recibía en casa no bastaba. Además, no quería terminar mojando fresas en las churras más dulces de la historia. Caminé una tarde, sin suerte, hasta las seis. Entonces, el dueño de una tienda aseguró que compraría los veinte la noche siguiente si se los llevaba como a las siete. Con la emoción en el gaznate, llegué puntual, pero su hermano estaba frente a la caja registradora. "Él está en casa", indicó. Anduve, toqué a la puerta; me dijo "Entra", cerró. Frente al televisor prendido, me tapó la boca, me tumbó al piso, me lamió, chupó, mordió, me dejó en posición fetal y con un dolor cabrón entre las nalgas. Permanecí en el suelo un rato. Me puso veinte pesos en las manos. De regreso, me rascaba el cuello y los brazos, esperanzada en que nadie advirtiera los *hickeys* que me pulsaban por todos lados. "Ojalá te mueras", balbucí. Dos semanas más tarde, víctima de un ataque cardíaco, falleció. (El programa coreano está en lo cierto, Ciática: "cuando se pide un deseo con todas las fuerzas, se concede").

Aquella noche mami lo supo. A los dos meses, me vi en un avión rumbo a Filadelfia para quedarme con familiares que ya me resultaban ajenos. Me recibieron, recalcaron que en la escuela no había nada para mí y me buscaron trabajo en un supermercado. "Tú no puedes seguir vistiendo como jíbara", fue su mantra hasta aquella memorable Navidad en que, durante el intercambio, se regalaron juegos, enseres o decoraciones lujosas. "Busca debajo del árbol", me indicaron. La caja contenía un set Nike de terciopelo verde: "Para que tengas qué ponerte. Con esa ropa de pobre no vas pa ningún lao". La risa rebotaba por las paredes. Doblé el papel de regalo. Lo inserté. Reacomodé la tapa, anduve directo a la cocina, reciclé el veneno, coloqué el regalo encima de la hornilla, regresé a la sala, me puse el abrigo, abrí la puerta:

—Atiendan lo que tienen en la estufa pa que no se les queme.

Así culminó el cuento en que embalé como Loca por el invierno cortante de Rosehill Street, en que mi primo me esperaba frente a las escaleras de su hogar, en que me cayó a puñetazos desde el balcón hasta el cuarto y en que me devolvió a la isla por malagradecida.

Debido a esto, sólo visito la playa por las noches. Entro al agua, floto contemplando los astros para sentirme embrión en el útero del universo. No como chocolates ni compro ropa Nike. Si creen que eso es lo único, les acomodo por una esquinita la vivencia que tuve en Krash —la discoteca del momento— con una entrañable amiga.

La Luisa me rogó que la acompañara aquel viernes. Se encontraría con un americano por el que se meaba encima. Moría y mataba por él, pero a lo adivino, puesto que sólo dos tipos de Locas gravitan en el sistema solar: Las Meteoritas —se incendian, se disuelven en la atmósfera o se revientan sin miedo— y Las Asteroidas —flotan a la deriva, abandonadas a la suerte—. La Luisa carecía de babilla para ser Meteorita. Al gringo le gusté yo, y se lo dijo. La entrañable me dio de codo, se emborrachó, me tiró un trago encima, me cayó a puños en plena pista al compás de "100% Pure Love" y me dejó a pie. Antes de largarse, le dijo al estadounidense:

—*Don't even touch him. He has AIDS.*

Fue como si me hubiera echado un brujo del cual no me libré por década y media. Durante ese período, sólo me pretendían hombres VIH+. ¿Cuál resultó más memorable? ¿El que me emborrachó para que tuviéramos relaciones sexuales sin condón y sin mi consentimiento? ¿Aquel a quien le hui afanosamente, pero que terminé aceptando para verlo después sembrando el ñame en otra finca? ¿El que me aisló de todos mis amigos, empezó a espiarme obsesivamente y casi me manda al hospital cuando volví a socializar? ¿Quien me echó droga en la bebida y, tras las penetraciones de rigor, me arrojó una madrugada a la nieve sucia?

¿Que por qué, en vez de corazón, me late un rollo de alambre de púas? Porque mi cuerpo tampoco es mío, Partidas, sino de Autora, Loca atormentada por los recuerdos detallados en esta serie de emails. Tras una crisis psicótica y la consecuente hospitalización, hace veintidós años, Autora descubrió su trastorno de identidad disociativo. Le informaron que, además de mí, residían en ella Allegra La Trompa —locutora y DJ de WCVC Radio, la estación del sufrimiento— y La Carlos —cuyas fatídicas peripecias se registran en *Dos centímetros de mar*—. Actualmente, restamos dos... aunque quién sabe qué se esgorruña en ese cerebro. Autora desconoce que, en cada personalidad suya, mora otra multitud porque almacena dolores incontenibles para un solo ser. Mucho menos sospecha que, desde hoy, Las siete Partidas no existiremos.

Ushuaia se anunciaba como "el fin del mundo", y me he pertrechado de lo necesario para que en mí se cumpla el eslogan. Allegra no quiso dejarme sola. Preparó el *playlist* que ambientará la noche y prometió aludir a cosas bonitas. Detallista como siempre, aseguró que la ceremonia transcurrirá al dedillo. Compró dos largas y coloridas sillas plegadizas que también son reclinables. Las arrastró hasta un lado de la costa al que me acerco cuando oscurece para apreciar la negrura nocturna comiéndose el horizonte. Desde el carro, observé las sillas quebrando la frágil capa escarchada a medida que abrían surcos atropellados, según mostraba la conflictiva iluminación resultante del resplandor nocturno y los faroles del muelle. Allegra desempacó cuatro colchas. Dobló dos y las tendió para acojinar la superficie. Desplazó mi silla de ruedas, me apoyó para cambiarme de sitio e hizo un vago ademán para que me acomodara.

—¿Llegó el momento de la neverita? —anuncié mientras ella la destapaba.

—¿Cerveza o vino? —ofreció echando a un lado el paquete de jeringuillas.

—Cerveza. Acabemos con la Founders.

—Aquí tienes. —La examina—. Parece fuerte.

—Como la dueña —rematé, y pausé—. Quisiera llegar al muelle... abordar un bote... abrir surco por la explanada de agua... dejar rezagadas las anaranjadas noches... rebasar el faro... despedirme de los pingüinos y continuar hacia la Antártida como barco mohoso que va a encallar. —Pero sabíamos que no sucedería—. ¿Y las otras dos colchas? —expresé con curiosidad.

—Para arroparnos.

Me fascina ese silencio duro de paisaje acuático y témpanos que se oculta paulatinamente tras la pared anochecida que, desde el mar, avanza hacia nosotras. Le agradezco a Allegra que esculcara los archivos digitales de WCVC y produjera la banda sonora para esta escena. "Everybody Hurts" vibra delicadamente por las bocinas.

No me cabe en la cabeza preservar la vida. Tampoco me da el pulso para obrar por mano propia, así que las autorizo a especular o chismear porque lo han hecho antes. Lo llevó a cabo La Ciática cuando publiqué un comentario negativo sobre *Sácame del egg roll*, su cuarto libro. Lo repitió Sauerkrautfrankfurterberger luego de comparecer a *La Partida en las verijas del partido*, conferencia magistral acerca de su gesta legislativa que dicté para la Facultad de Derecho de Una Gran Universidad. Titi Pacheca —erróneamente denominada "Madre de Las Partidas"— ejerce la lengüetería con igual maestría que la alta traición. Y así mismito harán La Diega y La Kika al leer mi apreciación en torno a activismo y arte que aparecerá —aquí, en la playa— en *Cuando Calienta el Sol* (año 12, núm. 3, pp. 45-56), puesto que, en ella, coinciden sus áreas de interés. ¿Sinopsis? ¡Con mucho gusto!

Tras leer las vivencias de La Kika frente a Notre Dame, sumadas a las elucubraciones de La Diega en Kukulcán, constato que arte es una cosa y activismo, otra. Las activistas observan, piensan, apuntan, denuncian y condenan, de precisarse. Pero el arte no es apologético. El arte no se disculpa. Ser conflictivo le es inherente. Cuando, después de protestar frente a los portones de Una Gran Universidad, La Diega me texteó que no hablara más de homosexuales homofóbicos, mujeres misóginas y negros racistas, aclaré:

—Ninguna mariposa abandona del todo su esencia de gusano.

Dicha conducta no me habría sorprendido de otros activistas, pero ¿de La Diega?, ¿ella?, ¿que conoció de primera uña la injusticia hacia las mujeres, de parte —incluso— de su propio gremio? Ella supo de Melena y Medardo, gemelos para quienes sus padres habían comprado dos perritos: la hembra para la nena, y lo demás se sobreentiende. Sin embargo, el cachorro se arrimó a la niña, y lo opuesto con el nene. Adentrados en la adolescencia, la naturaleza circundante los invitaba a jugar, aunque —por momentos— se separaban para explorar. Cierto día, la perra salió preñada. A la mañana siguiente, Medardo la mató por accidente. Los gemelos discutieron con tanto furor que el hermano reveló el cuarto aborto de Melena, a quien su madre dejó parapléjica de una carpiza mientras la etiquetaba de "puta" por encima de los 90 decibeles. Meses más tarde, se enteraron de que humanos y canes no pueden inseminarse mutuamente. Para ese instante, ya habían cesado de sostener relaciones sexuales entre sí, y sus papás habían adquirido una pareja de labradores que hacían muy bien su trabajo, sobre todo porque a Melena le urgía más su compañía que a Medardo.

De todas mis decepciones, ninguna la he sufrido más que la de Titi Pacheca, por haber fracasado en la encomienda de proteger mi infancia. Si no me hubiera podrido la niñez, mi fin habría sido distinto. Mas ella me imbuyó en el cerebro la bondad, la fantasía, los superpoderes, los finales felices con que enfrentaría exitosamente cualquier debacle. Sin embargo, una vez los Telemuñequitos acababan, mi existencia se rajaba contra las paredes. Sus consejos nunca me resguardaron de varas, bofetadas ni correazos. Al juntar los párpados, anhelaba no despertar más; y siempre, los jodíos ojos abiertos. Cierto es que la práctica pulió a Titi Pacheca en sus deberes y responsabilidades para con otros, pero a mí no me pagó a la altura de su creación. A mi niña —por la cual obtuvo su razón de ser—, la esquineó y la arruinó aparatosamente.

Tú dejaste que Marcelo el Broco viviera en casa, que me defendiera, que pusiera juguetes en mis manos, que me enroscara de las orejas palabras tibias, que me sobara los dedos como a diez curiosidades, que —entonando una canción de cuna— me azuzara la punta de los pies, que me sentara en su falda. Tú permitiste que entretuviera mis muñecas, que me tocara el pelo como a las cuerdas de un arpa, que tentara mi columna y derrumbara mi arquitectura, que me soplara su secreto de cigarrillos y alcohol, que me sellara la boca con sus caries, que desabotonara mi virginidad y que, salvajemente, se trepara en mi vergüenza. Tú me viste con hambre y no me diste de comer, me viste con sed y no me diste de beber, me viste forastera y no me recibiste, me viste desnuda y no me vestiste, me viste enferma y no me visitaste, me viste aprisionada y no viniste a mí, me viste destruida... y **no** me viste. Cuando, como consecuencia de eso, le contaste al barrio entero que, a los trece años, mami me sorprendió en la bañera, sentada en un charco de sangre, con una recién nacida que casi no me cabía en las manos y que el cordón umbilical sería el de un teléfono que jamás nos comunicaría, ese día, Titi Pacheca, te maldije hasta los óvulos: te expulsé de mí. ¡Bendito, Futura, hija mía! Te sufro todos los amaneceres.

Yo no soy misántropa. Habrá quienes me tilden de "pesimista", "depresiva" o que, valiéndose de diagnósticos similares, me generen sentido de culpa y justifiquen hospitalizaciones o medicamentos a la vez que me fuercen a buscar alternativas que glorifiquen la belleza y la conformidad. Pero ya yo me cansé; no puedo más seguir así; voy a pensar un poco en mí y a regalarme el sueño eterno erradicando mi pata agonía en La Patagonia. Por aquello de evadir los cabos sueltos, revelaré de dónde proviene cada una de ustedes para que, al menos, conozcan su principio antes de desbocarse en el fin.

Aunque no todas se han visto, sí están familiarizadas con Titi Pacheca, la traidora, la erróneamente autodenominada "Madre de Las Partidas". Sepan, pues, que la Loca Alfa, la Prime, la más vieja, la de la antigua edad, soy yo. Si, según ella misma indica, estamos enyuntás desde que se le iluminaron las pupilas, pues somos para ustedes como el huevo y la gallina. Excepto yo, ninguna sabía quién vino primero. Después, la moral y la ley me persiguieron, asesinaron a mis amigas y —aterrada de no sobrevivir— dividí a esas fuerzas persecutoras para que La Kika y Débora de Lourdes las combatieran, mas —como escribió la poeta— soy exceso de mí misma, escándalo de mujer. Poco imaginé que, más adelante, la fascinación idílica por el Lejano Oriente y la justicia social reclamarían autonomía. De ahí que La Ciática y La Diega se desprendieran como esporas. Harta de las banalidades familiares, amistosas y laborales, me catapulté al mañana para indagar si albergaba algo mejor. En el núcleo atómico entre tiempo y espacio, se insertó Futura: determinante para yo decidir si planificaba esta noche.

He sido yo quien, so pretexto del email, las ha ubicado súbitamente en los escenarios más bellos —de mi pasado o fantasía— que atesoro y quien, allí mismo, las ha observado. Han sido míos la voz al oído, el rostro en la pantalla, los temporizadores con cuenta regresiva y la niña enajenada. Los instantes en que, al hablar, compartimos ritmo o estilo nos delatan. Para culminar, ¿de dónde creen que salió Raquel Evadán? ¿Una inteligencia artificial puertorriqueña? Toda inteligencia puertorriqueña **tiene que ser** artificial! Además, como se ha revelado, dentro de cada Raquel, hay un "aquel", amores míos. Recuérdenlo. Yo no les voy a durar toda la vida.

De igual modo, me urgía distribuir las condiciones de salud física y mental que me han esclavizado: la antimetropía, el insaciable amor platónico, la sinestesia, la obsesión-compulsión, el insomnio y mi limitada movilidad. ¿Quién puede resistir tanto sin romperse, compañeras? Yo fui feliz viviendo sola, sin compararme con nadie, sin probármele a nadie, sin embellecerme, rutilar ni volar por nadie. Sola, bien adentro, me sentía plena. Mi peor hallazgo fue la gente. La misma que me señalará cuando empecemos a desaparecer en estricto orden de nacimiento, y luego de lo cual Raquel Evadán distribuirá nuestra cadena de mensajes a través del espacio cibernético, antes que la infecte el virus del cual no se repondrá. Yo sólo quiero estar tranquila, que me dejen quieta, que no me llamen, que nadie se acuerde de mí.

Allegra La Trompa estima que endilgarle este momento es paradójico, dado que su nombre contradice las funciones, los deberes y las responsabilidades de su puesto. Aun así:

—Morir como una quiere debe ser un acto feliz —medita—. ¿Crees que, más adelante, otras asomen la cara por aquí?

Quizás se culpa por sobrevivir. Tal vez cree que las futuras identidades emergentes en la psiquis de Autora compensarán dicho sentimiento. Callo porque ella no sólo hizo acopio de las piezas que —a través de los audífonos— me conducirán de las frialdades de la vida hacia el gélido mundo escondido en las trastiendas de la Antártida, sino que hizo lo indecible por conseguir los fármacos. Incluso, me explicó el proceso.

—Mira, aquí están. —Inició la demostración—. Me los dieron por debajo de la mesa. Lo mismo que usan en Texas. No sabes cuántas veces mi espalda brincó en los catres para rozar esto con la punta de mis garras.

—¿En qué parte de Texas?

—En la cárcel.

—Ay, me siento criminal. ¿No será mejor que...?

—¿Con las maromas que me tiré para conseguirlos? ¡Claro que te debes sentir mal!, pero ¿no infringimos la Ley desde que empezamos a acostarnos con hombres o desde que, con la excusa de comulgar con las ancestras, nos fumamos cuanta yerba caía en nuestras manos? —Reímos; cambió de tema—. Imagino que a las suicidas también las clasifican como criminales.

—¿Por qué?, si no han matado a nadie.

—Por lo menos a sí mismas, ¿no?

Reflexioné, pero no abundé. Temía que se retractara. Además, me convenía olvidar que me las llevaría enredadas a ustedes siete. Tampoco convenía alarmar la mente de Autora, para evitar que su alterego encarcelara a Allegra en las mazmorras del inconsciente.

—Primero, te induciré a la anestesia con esto. —Muestra—. Se llama "tiopental sódico". Con él, pierdes la consciencia.

—¿Hace efecto rápido?

—Sí, pero la dosis recomendada no dura más de media hora. Al poco rato, tengo que aplicar... esto otro. —Exhibe; lee con dificultad—. Bromuro... de pan-cu-ronio. —Pausa—. ¿Tienes un tiempo específico en mente?

—Después que esté inconsciente, mi amor, olvídate.

—Pues como a los cinco minutos. —Observa la noche sobre la silueta montañosa, traga hondo, me ve—. Para ese instante, quizás suene "Asleep" de The Smiths. Muy linda. Si quieres, canto bajito.

—Sonríe—. Y, para terminar, cloruro de potasio.

—¿Qué hace? —Me levanta la barbilla, me clava los ojos, pronuncia secamente:

—Paraliza el corazón. —Acomoda la parafernalia—. Ahora, ponte los audífonos y escucha música bajito para que me oigas si digo algo. —Obedezco—. Todas estas piezas se relacionan con el suicidio porque cuentas hasta con el último minuto para decidir —recalcó—. Termina de escribir y hazme señas cuando quieras.

Inserto los brazos bajo la cobija. Me ajusto el poncho para que Argentina me albergue por última vez. Finales de diciembre y hace frío. Hoy la temperatura superó los 50°F. Alta para esta época.

—¿Cuál canción está sonando? —averigua Allegra.

—Ahora mismito terminó "Adam's Song".

—Perfecto, mi amor. Ya te tengo prestas las sábanas terrosas y el edredón de musgos escardados.

—Okay. Voy a dormir, nodriza mía. Acuéstame —susurro, fundiéndome con "In the End" de Linkin Park.

Allegra me acomoda la colcha. Alargo la vista hacia el horizonte, como si pudiera tocar su cuerda y descubrir el último sonido. Estiro un brazo. Mi amiga inyecta con paciencia el tiopental sódico, retrocede un poco para apreciarme. Con sus botas, alborota la escarcha.

Es hora de soltar el teléfono. Ojalá nuestra conversación haya servido de algo.

Este libro se terminó de imprimir
en el mes de octubre de 2022
en los talleres de Extreme Graphics,
Naguabo, Puerto Rico.